ミグラード

朗読劇『銀河鉄道の夜』

古川日出男　管啓次郎　柴田元幸　小島ケイタニーラブ

keiso shobo

ミグラード　朗読劇『銀河鉄道の夜』

目次

朗読劇『銀河鉄道の夜』

古川日出男

原作・宮澤賢治

「川が分かれるところ」「小さなりんご」「二つの夜、おなじ夜」管啓次郎

「フォークダンス」小島ケイタニーラブ

「星めぐりの歌」宮澤賢治　　英訳・柴田元幸

朗読する登場人物たち

小説家
賢治（小説家が演じる）
ジョバンニ（小説家が演じる）

詩人
カムパネルラ（詩人が演じる）
先生（詩人が演じる）
カムパネルラの父（詩人が演じる）

歌手
車掌（歌手が演じる）
青年（歌手が演じる）
町の人（歌手が演じる）

翻訳家
鳥を捕る人（翻訳家が演じる）
らっこの上着（翻訳家が演じる）

舞台には四つのオブジェが配されている。詩人を表象するりんごの木、歌手を表象するギター、翻訳家を表象するタイプライター。しかし、四つめのオブジェはじつのところオブジェ未満である。それは原稿用紙の束にすぎない。しかも、まだ一文字も書かれていない白紙の束にすぎない。このオブジェ未満のオブジェは小説家を表わしている。

可視であるかもしれないし不可視であるかもしれない通路があり（一つまたは複数）、それは舞台上に通じている。その通路から一人、また一人と登場人物は現われてくるのだが、すでに歌手だけは出現ずみである。あたかも汽車の機関室で「出発進行」の準備に勤《いそ》しむ乗務員であるかのように、さまざまな音を発する機材をセットアップしている。やがてエンジンの「力」が満ちるように機が熟し、歌手は大切なアナウンスをする。不思議な声で——。

歌手　銀河ステーション、銀河ステーション。銀河ステーション……。

この不思議な声に導かれて、前述の通路からまず小説家が、続いて詩人が登場する。これらの歩みは緩やかで、前方に前方にと歩んでいるにもかかわらず、どこかしら水中から浮上するようである。

その水中とは、淡水の内側なのか、海水の中なのか——。

二人は、朗読用に据え置かれたおのおののマイクの前に立つ。

小説家　間に合いました。
詩人　うん、間に合った。
小説家　僕たち、乗り遅れずにすみましたね。
詩人　そうだよ。乗り遅れないですんだ。
小説家　この汽車に。間に合った僕たち二人の、この二人の――。
詩人　どの二人？
小説家　詩人と小説家の、です。この二人です。
詩人　この二人だ。
小説家　この二人のことを語るわたくし、わたくし……（ふいに口調が訛《なま》り出す。自称のわたくしさえ「わだぐし」と聞こえるほどに）わたくしは、いまから発進する朗読劇『銀河鉄道の夜』のナレーターとなる人物ですから、説明するまでもありませんが、もちろん宮澤賢治です。

一つの音色が響いた。
それから、エコーし続けるその音色に導かれるようにして、童謡のメロディが流れる。
いや、童謡のメロディに似た、反復するフレーズが――。

「らっこの上着が来るよ、らっこの上着が来るよ。らっこの上着が……」
小説家はここから賢治に変じる。

賢治　わかりますか？　ここは鉄道です。それも、わたくしの特徴的な用語法を許していただけるならば、こう説明できる場所です。すなわち――幻想第四次の鉄道です。

詩人　幻想第四次。それは三次空間ではないところ。このことを、こう言い換えてもかまわないね。「不完全な世界です」と。

賢治　もともと原作の『銀河鉄道の夜』の主人公の少年、ジョバンニという名前のその少年は、黒い……黒い丘にいたんです。その黒い丘にいたる前には、学校にいましたけれども、学校はもう放課後になっていました。放課後には、ジョバンニは活版所にいました。

詩人　活版所だ。

賢治　わかりますか？

詩人　活版所とは印刷所のことだ。古い言葉だね。そう、活版屋とも言ったね。

賢治　その活版所でジョバンニは活字を拾っていました。これは労働です。新聞や本、雑誌のために印刷用の文字を拾い集める。ジョバンニは働いていたんです。まだほんの子供だけれど、労働しなけりゃならなかった。父親が家に、戻っていなかったからです。北の海に漁に出て、どうしてだか戻らないままだったからです。おまけにお母さんは、病弱です。働けない。

詩人 だからジョバンニが働いたんだ。

賢治 だから子供のジョバンニが働きました。活版所で、そして報酬は銀貨、シルバーのコインです。

詩人 すると、こうも言い換えられるね。「ジョバンニは銀貨と引き換えるように、文字を拾い集めた」んだって。

賢治 そうです。コインと文字を交換する――。わたくしは、そんなふうにこの劇が展開することを夢見ています。この朗読劇のナレーターとして、夢想しています。いいえ、実際の作業に移っているのです。この舞台以前の『銀河鉄道の夜』があり、そこには文章だけがあった。その文章から、あちらを、こちらをと、活字を拾うように声にするフレーズを、センテンスを、パラグラフを切り出すのです。すると何かと交換される。

詩人 でも、それが何かは、言えないんだろうね。

賢治 言えません。

詩人　でも、その作業がどんなことを譬《たと》えているのかは、説明するんだろう?

賢治　します。これは文章の……いうなればサンプリングです。原作である『銀河鉄道の夜』の文章を、つまり本文を、まるまる書き写すんですから。書き写して、切り出して、語るんですから。これは『銀河鉄道の夜』の、部分的な写経でもあります。そんな暗喩で表わされる行為……でも……やっぱり感触としては、サンプリング……。

詩人　サンプリング。「素材にした音を、デジタル信号に変えて再利用する」ことだったね。それは電子音楽からはじまったはずだ。

賢治　はずです。そのサンプリングです。ここは、鉄道です。そして鉄道であるこの車内の空間には、旅する歌手も乗り込んでいます。その一人の歌手に敬意を表《ひょう》して……わたくしは写経とは言わずにサンプリングと言います。そのように譬えます。さあ、長すぎた前置きをやめましょう。ここからは実行のプロセス、実践のプロセスに入ります。そのプロセシングのさなかに――。こんなふうにです（と、癖のある東北訛りの賢治の声がここから一変する）。「気がついてみると、さっきから、ごとごとごとごと、ジョバンニの乗っている小さな列車が走りつづけていたのでした。ほんとうにジョバンニは、夜の軽便《けいべん》鉄道の、小さな黄いろの電燈《でんとう》のならんだ車室に、窓から外を見ながら座っていたのです。車室の中は、青い天蚕絨《びろうど》を張った腰掛けが、まるでがら明きで、向うの鼠《ねずみ》いろのワニスを塗った壁には、真鍮《しんちゅう》の大きなぼたんが二つ光っているのでした。／すぐ前の席に、ぬれたようなまっ黒な上着を着た、せいの高い子供が、窓から頭を出して外を見ているのに気が付きました。そしてそのこどもの肩のあたりが、どうも見たことのあるような気がして、そう思うと、もうどうしても誰だかわかりたくて、たまらなくなりました。いきなりこっちも窓から顔を出そうとしたとき、俄《にわ》かにその子供が頭を引っ込めて、こっちを見ました。／それはカムパネルラだったのです。／ジョバンニが、カムパネルラ、きみは前からここに居たのと云《い》おうと思ったとき、カムパネルラが」

と、にわかに詩人がカムパネルラに変じる。

カムパネルラ　みんなはね、ずいぶん走ったけれども遅れてしまったよ。ザネリもね、ずいぶん走ったけれども追いつかなかった。

賢治　（また訛っている）ザネリというのはジョバンニとカムパネルラの同級生です。主人公のジョバンニに対して、ちょっとばかり意地悪な役柄の少年です。ジョバンニの父親がいまは不在で、それは「北のほうの海で密漁して捕まったからだ」との噂があるからです。「らっこの密猟をして、監獄に入れられているためだ」との噂があるからです。そのためにザネリは、ジョバンニをからかいます。

童謡が聞こえてくる――。

「らっこの上着が来るよ、らっこの上着が来るよ。らっこの……」

賢治　お調子者のザネリは、囃《はや》したてないではいられないのです。しかし、悪意はないのです。それは少しつらいことです。それにもかかわらずジョバンニは、さっきのカムパネルラの台詞に――

カムパネルラ　ザネリもね、ずいぶん走ったけれども追いつかなかった。

賢治　――これに、こう答えます。

賢治がジョバンニに変わる、にわかに。

ジョバンニ　どこかで待っていようか？

カムパネルラ ザネリはもう帰ったよ。お父さんが迎えに来たんだ。

ジョバンニ お父さんが？

カムパネルラ そう、お父さんが。

と、またもやジョバンニが賢治に戻る。以降、賢治からジョバンニへの役の切り替えや、詩人からカムパネルラへの役の切り替え等に類するものはすべて、瞬時に行なわれる。

賢治 じつは、この台詞は重要です。「お父さんが」というこの台詞は。しかし、ただの伏線でもあるから忘れましょう。もう少しカムパネルラとジョバンニの二人の会話を続けさせます。まずはジョバンニのほうから。

ジョバンニ （その賢治がぱっとジョバンニに変じて）この汽車、石炭を焚いてないね。

カムパネルラ アルコールか電気だろう。ああ、りんどうの花が咲いている。もうすっかり秋だねえ。

ジョバンニ 僕、飛び下りて、あのりんどうをとって、また飛び乗ってみせようか？

カムパネルラ もうだめだ。あんなに後ろへいってしまったから。

賢治 （ふたたびサンプリングする声で――）「カムパネルラが、そう云ってしまうかしまわないうち、次のりんどうの花が、いっぱいに光って過ぎて行きました。／と思ったら、もう次から次から、たくさんのきいろな底をもったりんどうの花のコップが、湧くように、雨のように、眼の前を通り、三角標《さんかくひょう》の列は、けむるように燃えるように、いよいよ光って立ったのです」――（と、東北訛りに戻り）いまのも原作からの朗読です。

カムパネルラ　お母さんは僕を赦《ゆる》してくださるだろうか。

いきなり、カムパネルラは急《せ》き込んで言う。思い切ったというように。

カムパネルラ　僕はお母さんが本当に幸いになるなら、どんなことでもする。けれども、いったいどんなことがお母さんのいちばんの幸いなんだろう？

ジョバンニ　君のお母さんは、なんにもひどいことないじゃないの。

カムパネルラ　僕わからない。けれども、誰だって本当にいいことをしたら、いちばん幸いなんだねえ。だからお母さんは、僕を赦してくださると思う。

と、今度は歌手がにわかに車掌に変じて、ジョバンニとカムパネルラのその場面に加わる。

場面の内側に――。

車掌　切符を拝見します。

賢治　（客席のほうに問いかけて）わかりますか？　たったいま、この列車の車掌が登場しました。ジョバンニとカムパネルラ、その二人の――（ふたたび原作からの引用部はサンプリング専用の声色。以下同じ）「席の横に、赤い帽子をかぶったせいの高い車掌が、いつかまっすぐに立っていて云いました」「（あなた方のは？）というように、指をうごかしながら、手をジョバンニたちの方へ出しました」

車掌　さあ。

賢治　「カムパネルラは、わけもないという風《ふう》で、小さな鼠いろの切符を出しました。ジョバンニは、すっかりあわててしまって、もしか上着のポケットにでも、入っていたかとおもいながら、手を入れて見ましたら、何か大きな畳んだ紙きれにあたりました。こんなもの入っていたろうかと思って、急いで出してみましたら、それは四つに折ったはがきぐらいの大きさの緑いろの紙でした」

車掌　（少なからず驚いて）これは三次空間のほうからお持ちになったのですか。

ジョバンニ　なんだかわかりません。

車掌　よろしゅうございます。サウザンクロスに着きますのは、次の第三時ころになります。

賢治　このサウザンクロスというのは、もちろん南十字、現代風に言ったらばサザンクロスのことです。サウザンクロス、いえいえ、サザンクロス、いえいえ、サウザンクロス。物語はあの「銀河ステーション……」のアナウンスの響いた停車場《ば》のあとに北十字を登場させたのですけれども、これは朗読劇です、つまりその、原作の『銀河鉄道の夜』を脚色しているから朗読劇です。そこで、わたくしは、筋をかいつまむために北十字の場面は省きました。これはナレーター役の、つまり、語り手である人物の特権です。

と、誰かがにわかに登場する。カムパネルラから変じて。

先生　それはいけませんよ、賢治さん。

賢治　（少なからず戸惑って）いけない？

先生　あなた、賢治さん、じつはわかっているんでしょう。そうでしょう。省いたら駄目だって。

賢治　省略が……。

先生　北十字には何があったんですか、賢治さん。あるいは、ジョバンニさん？　教室では寝てばかりいるジョバンニさん？　この先生に答えなさい。そう、賢治さんでもいいんです。北十字のところには何があったんでしょう。

賢治　オルガンが……。

先生　ほう、オルガンが？

賢治　その場面では、オルガンの音が響きました。でも、これって気のせいなのかもしれません。それから、鉄道の窓の外には十字架が立っていて……十字架、クロスが……そしてハルレヤの合唱が響きました……。

先生　ほう、ハルレヤの？

賢治　本当に響きました。

先生　それは、ハレルヤというのではないですか？

賢治　ハルレヤなのです！　それは、先生、先生――。

先生　なんですか、賢治さん。いや、ジョバンニさん。

賢治　賢治です、あの宮澤家の賢治です。（どうしてだか悲愴に）わたくしは、わたくしは！

先生　では、賢治さん。
賢治　わたくしは、ああ先生、本当の本当の神さまのことを語るために、キリスト教会における祈りの文句のハレルヤを、ハルヽレヤって書いたんです。それが、それが、あの『銀河鉄道の夜』――。
先生　原作の、『銀河鉄道の夜』ということでしょうか。
賢治　はい！
先生　では。よし。
賢治　わたくしは意識して――ちゃんと意識して――。
先生　わかりました。ですから、記憶にとどめましょう。大切なのはハルヽレヤなんですね？　ハレルヤじゃないんですね？　でもね、授業中に寝てしまうのは、大変にいけないことですよ。
賢治　それは、わたくしが……僕が……。

賢治がジョバンニに変わる。

先生　あなたが？

ジョバンニ　放課後は活版所で、朝は新聞の配達で、いろいろと働いていて、寝不足だから……。僕は、シルバーのコインを、稼がないとならないから……。

先生　そうですか。だとしたら。

先生が詩人に変わる。

詩人　さあ、この教室からあの列車に戻ろう。あの銀河鉄道に。そして原作からのサンプリングにも。もしかしたら写経と譬えたっていい、あのサンプリングの行為に。朗読だよ。

賢治　朗読。

詩人　戻ろうよ、賢治。

賢治　はい、先生ではなくなった……あなた。（その賢治の東北訛りが、ふいに強烈さを増して）あなだ……あなだ。そだぁ、ジョバンニのあの切符さ話題にしでだんだっだわ。ほらあ――「車掌は紙をジョバンニに渡して向うへ行きました。／カムパネルラは、その紙切れが何だったか待ち兼《か》ねたというように急いでのぞきこみました。ジョバンニも全く早く見たかったのです。ところがそれはいちめん黒い唐草《からくさ》のような模様の中に、おかしな十ばかりの字を印刷したものでだまって見ていると何だかその中へ吸い込まれてしまうような気がするのでした」

　と、あの可視であり不可視である通路から四番めの人物が現われる。それは翻訳家であり、その登場の時点から（翻訳家に演じられる）鳥を捕る人になりきっている。

　列車の、新たな乗客である。

鳥を捕る人　ここへかけてもようございますか。

ジョバンニ　ええ、いいんです……。

鳥を捕る人　（カムパネルラの様子も見ながら）あなた方は、どちらへいらっしゃるんですか？

ジョバンニ　（決まり悪そうに）どこまでも行くんです。

鳥を捕る人　それはいいね。この汽車は、じっさい、どこまででも行きますぜ。

カムパネルラ　（いきなり喧嘩のようにたずねる）あなたはどこへ行くんです？

鳥を捕る人　わっしはすぐそこで降ります。わっしは、鳥を捕まえる商売でね。

カムパネルラ　何鳥ですか。

鳥を捕る人　鶴や雁《がん》です。鷺《さぎ》も白鳥もです。
カムパネルラ　鶴はたくさんいますか。
鳥を捕る人　いますとも。さっきから鳴いてまさあ。聞かなかったのですか？
カムパネルラ　いいえ。
鳥を捕る人　いまでも聞こえるじゃありませんか。そら、耳をすまして聞いてごらんなさい。

鳥を捕る人、音響機材で作り上げられた擬似「機関室」の中にいる歌手に、まるで指揮者のような手振りで指示を出す。すると――。
電車のごとごと鳴る響きに、何か、ころんころんと水の湧くような音が聞こえ出す。

ジョバンニ　鶴、どうして捕るんですか？
鳥を捕る人　鶴ですか、それとも鷺ですか。
ジョバンニ　（内心どっちでもいいと思いながら）鷺です。
鳥を捕る人　そいつはな、造作ない。鷺というものは、みんな天の川の砂がこごって、ぼおっとできるもんですからね、そして始終川へ帰りますからね、川原で待っていて、鷺がみんな、脚をこういうふうにして降りてくるところを、そいつが地べたへ着くか着かないうちに、ぴたっと押さえちまうんです。するともう鷺は、固まって安心して死んじまいます。あとはもう、わかりきってまさあ。押し葉にするだけです。

ジョバンニ　鷺を押し葉にするんですか。標本ですか？

鳥を捕る人　標本じゃありません。みんな食べるじゃありませんか。

カムパネルラ　おかしいねえ。

鳥を捕る人　おかしいも不審もありませんや。そら。

賢治　「その男は立って、網棚から包みをおろして、手ばやくくるくると解きました。／『さあ、ごらんなさい。いまとって来たばかりです。』／『ほんとうに鷺だねえ。』二人は思わず叫びました。まっ白な、あのさっきの北の十字架のように光る鷺のからだが、十ばかり、少しひらべったくなって、黒い脚をちぢめて、浮彫のようにならんでいたのです」

カムパネルラ　目をつぶってるね。

鳥を捕る人　ね、そうでしょう？

ジョバンニ　鷺は美味しいんですか？

鳥を捕る人　ええ、毎日注文があります。しかし雁のほうがもっと売れます。雁のほうがずっと柄がいいし、だいいち手数がありませんからな。

カムパネルラ　鷺のほうはなぜ手数なんですか？
鳥を捕る人　それはね、鷺を食べるには、天の川の水あかりに十日も吊るしておくかね、そうでなきゃ、砂に三、四日うずめなきゃあいけないんだ。そうすると、水銀がみんな蒸発して、食べられるようになるよ。
カムパネルラ　（思い切ったように）こいつは鳥じゃない。ただのお菓子でしょう。

このカムパネルラのひと言に、鳥を捕る人はにわかに慌てる。

鳥を捕る人　そうそう、ここで降りなきゃ。

鳥を捕る人は不思議なことに、宮澤賢治の書き遺した詩篇『雨ニモマケズ』を、まずは最初に日本語で、それから次いで英語に訳されたフレーズで、と、一行ずつ交互に朗唱しながら舞台より去る——。
おしまいの英訳のフレーズが、さながら残響じみて鳥を捕る人の消失した舞台に残る。

ジョバンニ　あれは……。

カムパネルラ　翻訳家だ。
ジョバンニ　君は……。
詩人　（一瞬の間をおいてから）詩人だ。

そう名乗った直後、カムパネルラならぬもう一人の詩人たるこの人物は、りんごの木のオブジェから「オブジェの実」を一個収穫して、自作の詩篇『川が分かれるところ』を、水の質量をたたえて読みはじめる。そして、この朗読の背景には西暦二〇一一年春以降の岩手県内で録られた自然界のさまざまな音《ね》が重なる……降り積もる……。

川が分かれるところ

川が二つに分かれるとき
心も二つに分かれる
川が二つに分かれるとき
友達も永遠に別れる
太陽の都へ行く人

銀河の水を探す人
悲しみを砂に埋める人
心にぱらぱらと霰《あられ》が降る人
分かれた二つの流れのあいだに
青い木々とトーテムポールが立つ島がある
島の空と川の空を6Bの鉛筆で塗りつぶし
暗い土地と水面を風のように走ろうか
雨のように降る星の光を
夏の雨として浴びようか
降りてくる鳥たちははらはらと砂になる
魚たちが空へと花火のように跳ね上がる
ここが私たちの土地ならば
ここに空よりも、天よりも、もっといいところを作ろうか
「いまこそわたれわたりどり」
インデアンのように踊りながら猟をしよう

小説家　（客席にむかって解説する）これは詩人の、詩です。宮澤賢治の『銀河鉄道の夜』に着意した、その連作の一篇です。そしてこのことを説明する僕は、いまはジョバンニでも賢治でもありません、小説家です。この銀河鉄道には、詩人と小説家の二人が乗っています。そう、冒頭で、なんとか駆け込み乗車を果たして……。あの銀河ステーションの停車場で、です。それから、詩人と小説家以外に、歌手も。歌手はいましがた、詩が朗読される背景に音を重ねました。それは岩手県の音、それも賢治が生まれた頃の岩手県ではない、この現在の、岩手という土地の音です。この現在の……。これは朗読劇です。登場する詩人は、詩を読みますし、歌手は、いずれ歌を披露します。どれも原作の『銀河鉄道の夜』に捧げられている作品です。その詩が、その歌が、そうです。それらを差しはさみながら、僕の脚色は……小説家の僕が脚色するこの朗読劇は進みます。朗読劇の『銀河鉄道の夜』は、宮澤賢治を語り手に。つまりここに乗客が三人いる。小説家です。詩人です。歌手です。それから――。

鳥を捕る人が戻ってくる。
いや、むしろ戻っている――それはにわかの出現でもある。

鳥を捕る人　ああ、せいせいした。どうも体にちょうど合うほど稼いでいるくらい、いいことはありませんな。

それから鳥を捕る人は、翻訳家を表象するタイプライターのオブジェににわかに手を出した。キーを叩いた！

その打鍵は実際にタイピングの音色を響かせて――。

たちまち、鳥を捕る人はさきほどと同じ台詞を英語で繰り返す。すなわち英訳で。

小説家　（また客席のほうに解説する）そうなんです。この人は、翻訳家です。鳥を捕る人から瞬時に変身を遂げました。まるっきりプロフェッショナルな日本語と英語のあいだの旅人に。言葉の越境！　銀河鉄道の乗客なんですから、四人はもちろん旅人です。それぞれに旅人です。歌手という旅人、詩人という旅人、それから、小説家という旅人。そして最後に、この人、この翻訳家。いっしょにここに乗り合わせた翻訳家には、じき展開するシーンの中で同時通訳をしてもらいます。ただ、その前に……僕は原作をサンプリングしないと。原作の、『銀河鉄道の夜』の本文を。

賢治が現われる。

賢治　（東北の土地の匂いを感じさせて訛って）わたくしの著わした物語の中でも、そうとうに重要なのは、ここからジョバンニとカムパネルラの前に「新しい乗客たち」が出現するエピソードです。それは、三人組です。三人組の「新しい乗客たち」……。さあ、カムパネルラが話しはじめます。もちろん、ジョバンニもそれに答えます。

カムパネルラ　なんだかりんごの匂いがする。僕いま、りんごのことを考えたためだろうか。

ジョバンニ　ほんとうにりんごの匂いだよ。それから野いばらの匂いもする。

賢治　「そしたら俄かにそこに、つやつやした黒い髪の六つばかりの男の子が赤いジャケツのぼたんもかけずひどくびっくりしたような顔をしてがたがたふるえてはだしで立っていました。隣りには黒い洋服をきちんと着たせいの高い青年が一ぱいに風に吹かれているけやきの木のような姿勢で、男の子の手をしっかりひいて立っていました。／『あら、ここどこでしょう。まあ、きれいだわ。』青年のうしろにもひとり十二ばかりの眼の茶いろな可愛らしい女の子が黒い外套《がいとう》を着て青年の腕にすがって不思議そうに窓の外を見ているのでした」「青年はかすかにわらいました」

歌手がかすかに笑う。すると歌手はにわかに青年に変わる。

ここから始まる青年の長い語りを、翻訳家が同時通訳する。影の声として。その、日本語とは異なる響きが、深々と音楽に似る。


青年　いえ、氷山にぶつかって船が沈みましてね。私たちはこちらのお父さんが急な用で、二カ月前、ひと足先に本国へお帰りになったので後から発ったのです。ところがちょうど十二日め、今日か昨日のあたりです、船が氷山にぶつかっていっぺんに傾き、もう沈みかけました。

月の明かりはどこかぼんやりありましたが、霧がひじょうに深かったのです。ところがボートは左舷《さげん》のほう半分はもうだめになっていましたから、とてもみんなは乗り切らないのです。もうそのうちにも船は沈みますし、私は必死となって、「どうか小さな人たちを乗せてください」と叫びました。近くの人たちはすぐ道を開いて、そして子供たちのために祈ってくれました。けれどもそこからボートまでのところには、まだまだ小さな子供たちや親たちやなんかいて、とても押しのける勇気がなかったのです。

それでもわたくしはどうしてもこの方たちをお助けするのが義務だと思いましたか

ら、前にいる子供らを押しのけようとしました。けれどもまたそんなにして助けてあげるよりはこのまま神のお前にみんなで行くほうがほんとうにこの方たちの幸福だとも思いました。それからまたその神に叛く罪はわたくし一人でしょってぜひとも助けてあげようと思いました。

けれども、どうして、見ているとそれができないのでした。

子供らばかりボートの中へ離してやって、お母さんが狂気のようにキスを送り、お父さんが悲しいのをじっとこらえて真っ直ぐに立っているなど、とてもう腸《はらわた》もちぎれるようでした。そのうち船はもうずんずん沈みますから、私はもうすっかり覚悟して、この人たち二人を抱いて、浮かべるだけは浮かぼうと固まって船の沈むのを待っていました。

どこからともなく讃美歌三〇六番の声があがりました。

たちまちみんなはいろいろな国の言葉でいっぺんにそれを歌いました。

その時にわかに大きな音がして、私たちは水に落ち、もう渦に入ったと思いながらしっかりこの人たちを抱いて、それからボウッとしたと思ったらもうここへ来ていたのです。

賢治　「そしてあの姉弟はもうつかれてめいめいぐったり席によりかかって睡《ねむ》っていま

した。さっきのあのはだしだった足にはいつか白い柔らかな靴をはいていたのです。／ごとごとごとごと汽車はきらびやかな燐光《りんこう》の川の岸を進みました」「『いかがですか。こういう苹果《りんご》はおはじめてでしょう。』向うの席の燈台看守がいつか黄金《きん》と紅でうつくしくいろどられた大きな苹果を落とさないように両手で膝の上にかかえていました。／『おや、どっから来たのですか。立派ですねえ。ここらではこんな苹果ができるのですか。』青年はほんとうにびっくりしたらしく燈台看守の両手にかかえられた一もりの苹果を眼を細くしたり首をまげたりしながらわれを忘れてながめていました」

青年　（ジョバンニたちにりんごを分けようと）いかがですか。おとりください。

青年は、オブジェのりんごの木に向かう。そこから幻の実をとる。幻である「オブジェの実」だから、それは（それらは）何個でも収穫できる。一つを翻訳家に渡し、一つをじかにカムパネルラに渡す。翻訳家はジョバンニにそれを手渡そうとする。幻のりんごの実を幻のまま、英語で「いらないかい？　もらいなよ」と言って。

ジョバンニ、受け取ることができない。

カムパネルラ　（青年に）ありがとう。

カムパネルラ、すでに感謝を口に出そうとしている。

そのオブジェの実——の幻——を、カンパネルラは齧《かじ》る。

カムパネルラ　（ジョバンニに）美味しいよ。
ジョバンニ　立派なりんごだね。
カムパネルラ　美味しいんだ。

ジョバンニ、決意したかのように、翻訳家から、同様の幻の「オブジェの実」をもらう。

ジョバンニ　（翻訳家に）ありがとう。
詩人　りんごの木はね、でも、歌手のための木じゃないんだよ。
ジョバンニ　ための、じゃない？
詩人　歌手には……。

歌手　（みずからのオブジェを指して）ギターです。
詩人　翻訳家には……。
翻訳家　タイプライター、かね。
詩人　そんなふうに象徴があるんだ。りんごの木はね、詩の、樹木さ。それが実る、実るんだ、こんなふうに。

そう言って詩人は、今度は本物の「オブジェの実」を収穫した。そして——。
二篇めの詩の朗読がある。そこには、ふたたび、あの音が重ねられる。あの二〇一一年春以降の、岩手県の……。

小さなりんご

雪のように白い火が芯のところで燃えて
この立派な大きなりんごを空の金色に輝かせる
アカシアやれんげやレモンの蜜に似たいい匂いが
りんごが放つ波みたいにひたひたと広がってゆく

この完全な実はいつも新しい
降りつむしずかな雪にぽつんと落ちた
血のしずくか熱帯の夕陽みたいだ
心をそっと澄ませた者だけがその実を口にできるそうだ

いいえ、ありがとう、ぼくには完全なりんごはいりません
羽のある天使も水晶のロザリオだっていらない
ただ木の瘤のようにひねくれて
怒りっぽい野ねずみのように愛想のない
小さな野生のりんごたちがあればそれでいいのです

私たちと知らない誰かが心を重ね合い
川原に転がるピンポン球くらいの実をそれぞれが必要なだけ拾う
それからかすれた声で歌を合唱し
私たちは小さなりんごを川に流す
下流に住む知らない人間や馬たちのために

ろうそくのように小さな炎が
小さな赤い実を芯から光らせている

その詩のあいだに、ジョバンニはりんごを齧る。その詩のあいだに、ジョバンニは小説家に変わる。その詩のあいだに、小説家は自分のシンボルを探す。四つめのオブジェを。それはオブジェ未満のオブジェである。白紙の、原稿用紙の束である。そこに、小説家は……小説家は……何かを書きはじめている。そして、その何かに翻訳家が反応し出している。

自作の詩篇『小さなりんご』の朗読を終えた詩人が、にわかに正面を向いた。客席側をにわかに正視した。それから、おもむろに授業をはじめる——違う人物となって授業をはじめる。

先生 ではみなさんは、名作として読むことを推奨されたり、感動的でじつに教訓的なお話だと言われたり、それからファンタジーだとかあるいは童話だとか言われたりするために、どうにも印象がぼんやりとしている『銀河鉄道の夜』……この宮澤賢治の『銀河鉄道の夜』を、本当はどんな作品だと思っていますか？ 作品の冒頭が、「午后の授業」と名付けられたシーンからはじまることを、知っていますか？ 憶えていますか？ 最初に現われるのは、学校の、ある教室の、その教室にいる先生なんです。黒板に吊るした、大きな黒い星座の図の前に立ち、こんなことを問うんです。この問いこそが、『銀河鉄道の夜』の最初の台詞なんです。——「ではみなさんは、そういうふうに川だと云われたり、乳の流れたあとだと云われたりしていたこのぼんやりと白いものがほんとうは何かご承知ですか。」——ぼんやりと白いもの。それから、原作の『銀河鉄道の夜』には、実在するクラシックの名曲も流れるんです。ある一つのシーンに描き込まれて、流れるんです。ドボルザークの『新世界交響楽』です。交響曲第九番、ホ短調。それを、いまから流しましょう。この幻想第四次の鉄道に、たったいまから流しましょう。

歌手　流しましょう。でも、サンプリングします。

先生　はい。それでは歌手さん、サンプリングしましょう。幻想第四次の鉄道用に。さて、幻想第四次の世界とは？　それは三次空間ではないところ、それは不完全な世界です。

歌手　その世界のサウンドトラックを、流しましょう。歌います。

歌手による『新世界交響楽』がにわかに流れ出す。

小説家は、書いている。原稿用紙を文字で埋めている。いっぽうで翻訳家が何かに……別の人物に……変わりはじめた。ともに、マイクの前で。

小説家　授業中に僕は寝ます。授業中に、僕は、小説を書きます。

翻訳家　私はらっこの上着です。

そのひと言を発した直後に、翻訳家はらっこの上着に変ずる。

らっこの上着　私はらっこの上着です。私は、来ました。

小説家　小説家の象徴は……小説家にとっての、タイプライター、ギター、りんごの木、そんな象徴に類するのは、原稿用紙でした。そこに、僕は、書きます。

らっこの上着　小説家が書きました。私はらっこの上着です。私はらっこではありません。らっこの上着です。しかし、上着になる前は、いわば前世の私は、らっこという生き物でした。私は北の海にいました。太平洋の北のほうの、どこかの海です。背中を下にして、海水に浮かんでいて、そうそう、しょっちゅう貝を割っていました。胸の上にね、こう、貝をのせてね、それを道具を使って割ったんです。石で！　あのね、貝殻を石で割ってしまうんですよ。まあ見事なものです。人間たちは、これを見ると大いに感心しましてね。私は、他には魚を食べる、それから海胆《うに》も食べます。私の毛皮は、いい毛皮です。北の海にいても、ええ、大丈夫。密に生え揃った毛が空気を蓄えていますからね、体温がむやみに放出されないんです！　私は、ええ、いい毛皮だった……。

小説家　いまはらっこの上着です。

らっこの上着　前世が、らっこでした。

小説家　人間たちが、このらっこを見て、感心しました。

らっこの上着　感心してたねえ。

小説家　感心して、銛《もり》を打ちました。

らっこの上着　銛……。

小説家　獲物を捕らえるための、銛を打ちました。

らっこの上着　捕らえられる……。

小説家　そんなふうに密猟したのは、ジョバンニのお父さんです。

らっこの上着　私は、らっこになる前は……。

小説家　らっこの前世は……。

鳥を捕る人　いや、その前世だったかな？　それとも来世の来世か？　どっちにしろ、わっしは鳥を捕まえる商売をしてました。わっしは、そら、鶴や雁も、鷺も白鳥も、何鳥なんて問わずに。

小説家　と、僕はそこまで、書きました。そこまでは授業中に。

まだ『新世界交響楽』は流れている。流れつづけている。
先生が問う。

先生　さてみなさん、ここはどこですか？　（自答して）ここは学校です。それではみなさんは、洪水が来たら、学校はどうなると答えますか？　（自答して）学校は、避難所になります。

小説家　先生、僕はもう居眠りはやめます。先生、僕はもう、授業中にけっしてうとうとはしません。先生、もう僕は——。

先生　この小説家は、福島県の出身です。

小説家　僕の訛りは、福島弁です。

賢治　（だしぬけに出現して）そだない？

『新世界交響楽』が遠いところへ、消える。その交響曲を消すために、らっこの上着であり同時にその上着の前世のらっこでもあり、また鳥を捕る人でもあった翻訳家が、にわかに幻のタクトを振る指揮者に変化《へんげ》して、この幻想第四次の鉄道用のメロディを引き揚げてゆく。自身とともに引き揚げさせてゆく。通路を躍動的に歩みながら、舞台上から躍動的に立ち去りながら、そう、メロディを引き揚げて……引き揚げて……捕って……。

オブジェ未満だった原稿用紙の束は、オブジェとして舞台に配された。そして——。

賢治　りんごは、美味しかったです。いかにも立派で、美味しかったです。そのことに一番に感心したのは、青年です。あの三人組の「新しい乗客たち」の引率者の、青年です。女の子と男の子のきょうだいの、保護者の……。そうです、三人でした。六つばかりの男の子がいて、十二ばかりの可愛らしい女の子がいて、それからあの青年でした。ジョバンニは、本当を言ったらわだかまりを感じるような場面も、ありました。姉のほうの女の子とカムパネルラが、やけに、やけに親密に話し出したりするものですから、それで……。わだかまる、想いでした。「さっきまでカムパネルラと二人で旅していたのに」「二人だけで、楽しかったのに」って、そんな、わだかまり……。でも、これも、旅をともにする時間といろんなエピソードの内側に、解消されます。ジョバンニだって打ち解けます、少しずつ少しずつ、打ち解けます。それを表わすのが、この歌だし、ここからの朗読の場面です。まずは、この歌です。

歌手　歌います。

歌手がそうひと言告げて、歌い出す。『銀河鉄道の夜』に捧げられる、この朗読劇の主題歌を。

フォークダンス

フォークダンスを踊ろよ
踵を鳴らして
回り出したこの星
二人を乗せて

ほっぺはりんご色
涙を拭いたら
その瞳に輝く星の光
ハルレヤ　夢の中へ

いびつな僕を許して
こぼれそうな夜をすべて、その胸で

遠くから聴こえる静かな鐘の音
歌い出したこの星
僕らを乗せて

フォークダンスを踊ろよ
踵を鳴らせば
何度だってここからやり直せる

ハルレヤ　夢の中へ
いびつな僕を許して
こぼれそうな夜をすべて、その胸で

フォークダンスを踊ろよ

涙を拭いたら
何度だって僕らはやり直せる

賢治　（客席に）いまのは、主題歌でした。この朗読劇の、主題歌でした。そこにあったのは、ハルレヤでした。ハルレヤ……ハルレヤ……ハいいハルレヤ！　このフレーズに祝福されて、朗読の続きです。さあ――「にわかに男の子がぱっちり眼をあいて云いました。／『ああぼくいまお母さんの夢をみていたよ。お母さんがね立派な戸棚や本のあるとこに居てね、ぼくの方を見て手をだしてにこにこにこにこわらったよ。ぼくおっかさん。りんごをひろってきてあげましょうか云ったら眼がさめちゃった。ああここさっきの汽車のなかだねえ。』」――こんな場面。こんな、いい場面。それから、こんな場面も。

ジョバンニ　（音楽用語にいうスタッカート奏法にも似た、速い、歯切れのいい口調で。きりきりと川の向こう岸を透かし見ながら――）天の川の波がちらちら針のように赤く光っているね。黒おい煙は高く高く、桔梗色《ききょう》の天をも焦がしそうだね。ルビーよりも透き通っていて、美しくって、酔ったようになって燃えていて、あれはなんの火だろう。あんな赤あく光る火は何を燃やせばできるんだろう。

カムパネルラ　蝎《さそり》の火だな。

賢治　「カムパネルラが又《また》地図と首っ引きして答えました。／『あら、蝎の火のことならあたし知ってるわ。』／『蝎の火って何だい。』ジョバンニがききました。／『蝎がやけて死んだのよ。その火がいまでも燃えてるってあたし何べんもお父さんから聴いたわ。』／『蝎って、虫だろう。』／『ええ、蝎は虫よ。だけどいい虫だわ』／『蝎いい虫じゃないよ。僕博物館でアルコールにつけてあるの見た。尾にこんなかぎがあってそれで螫《さ》されると死ぬって先生が云ったよ。』／『そうよ。だけどいい虫だわ、お父さん斯《こ》う云ったのよ。むかしのバルドラの野原に一ぴきの蝎がいて小さな虫やなんか殺してたべて生きていたんですって。するとある日いたちに見附《みつ》かって食べられそうになったんですって。さそりは一生けん命遁《に》げて遁げたけどとうとういたちに押えられそうになったわ、そのときいきなり前に井戸があってその中に落ちてしまったわ、もうどうしてもあがられないでさそりは溺れはじめたのよ。そのときさそりは斯う云ってお祈りしたというの、／ああ、わたしはいままでいくつのものの命をとったかわからない、そしてその私がこんどいたちにとられようとしたときはあんなに一生けん命にげた。それでもとうとうこんなになってしまった。ああなんにもあてにならない。どうしてわたしはわたしのからだをだまっていたちに呉《く》れてやらなかったろう。そしたらいたちも一日生きのびたろうに。どうか神さま。私の心をごらん下さい。こんなにむなしく命をすてずどうかこの次にはまことのみんなの幸《さいわい》のために私のからだをおつかい下さい。って云ったというの。そしたらいつか蝎はじぶんのからだがまっ赤なうつくしい火になって燃えてよるのやみを照らしているのを見たって。いまでも燃えてるってお父さん仰《おっしゃ》ったわ。ほんとうにあの火それだわ。』」——。

カムパネルラ　そうだ。見たまえ。そこらの三角標はちょうど蝎の形にならんでいるよ。

ジョバンニ　星だね。

カムパネルラ　（ほとんど雄弁に断じる）星座だ。

星座を見上げるが、それとともにその星座に見下ろされてもいる真実の感触が、舞台にひと瞬きの無音《しじま》として満ちる。

賢治　「その火がだんだんうしろの方になるにつれてみんなは何とも云えずにぎやかなさまざまの楽の音《ね》や草花の匂《におい》のようなもの口笛や人々のざわざわ云う声やらを聞きました。それはもうじきちかくに町か何かがあってそこにお祭でもあるというような気がするのでした。／『ケンタウル露《つゆ》をふらせ。』いきなりいままで睡っていたジョバンニのとなりの男の子が向うの窓を見ながら叫んでいました。／ああそこにはクリスマストリイのようにまっ青な唐檜《とうひ》かもみの木がたってその中にはたくさんのたくさんの豆電燈がまるで千の蛍《ほたる》でも集ったようについていました」

ジョバンニ　ああ、そうだ、今夜ケンタウル祭りだねえ。

カムパネルラ　ああ、ここはケンタウルの村だよ。

ジョバンニ　そうだ、今夜ケンタウル祭りだねえ。

カムパネルラ　ここはケンタウルの村だよ。

ジョバンニ　今夜ケンタウル——。

カムパネルラ　ここはケンタウルの——。

ジョバンニ　ケンタ——。

カムパネルラ　ここはケン——。

時間が巻き戻されている。どんどん巻き戻されている。
あたかも時間そのものに何者かが奇妙なタクトを振っているかのように——。
と、青年が声を割り込ませる。

青年　（啓示じみて。あるいは警告じみて）もうじきサウザンクロスです。降りる支度をしてください。

ジョバンニ　降りる？

青年、ジョバンニの呆然とした反応を無視する。
女の子と男の子のきょうだいにだけ告げている。

青年　（ひと言で断じて）私たち三人は、こちらで降りなきゃいけないのです。

ジョバンニ　僕たちといっしょに乗っていこう！　僕たち、どこまでだって行ける切符を持ってるんだ！

見えないきょうだいの、いや女の子の、さみしい反論がある。
ここで天上に行けるの、と無言で告げている。

ジョバンニ　サウザンクロスの……サウザンクロスの……天上へなんか行かなくたっていいじゃないか！　僕たちここで、天上よりももっといいとこをこさえなきゃいけないって僕の先生が言ったよ！

賢治 すると、青年は笑います。かすかに笑います。天上を、神さまを、ジョバンニがどう考え、どう扱っているかわからないからです。あるいは、わかっているからです。

青年 （ジョバンニに問いかける）あなたの神さまってどんな神さまですか。

ジョバンニ 僕、本当はよく知りません。けれどもそんなんでなしに、本当のたった一人の神さまです。

青年 本当の神さまはもちろんたった一人です。

ジョバンニ ああ、そんなんでなしに、たった一人の本当の本当の神さまです。

青年は、もはやジョバンニには取り合わない。

青年 （男の子と女の子にじかに言い聞かせる口調で）さあ、もう支度はいいんですか。じきサウザンクロスですから。

そして朗読は続行される。このことをナレーターの賢治も宣言する、みずから。

賢治　朗読を続けます――「そのときでした。見えない天の川のずうっと川下に青や橙《だいだい》やもうあらゆる光でちりばめられた十字架がまるで一本の木という風に川の中から立ってかがやきその上には青じろい雲がまるい環《わ》になって後光のようにかかっているのでした」――「『ハルレヤハルレヤ。』」――「そしてたくさんのシグナルや電燈の灯のなかを汽車はだんだんゆるやかになりとうとう十字架のちょうどま向いに行ってすっかりとまりました。／『さあ、下りるんですよ。』青年は男の子の手をひきだんだん向うの出口の方へ歩き出しました。／『じゃさよなら。』女の子がふりかえって二人に云いました。／『さよなら。』ジョバンニはまるで泣き出したいのをこらえて怒ったようにぶっきら棒に云いました。女の子はいかにもつらそうに眼を大きくしても一度こっちをふりかえってそれからあとはもうだまって出て行ってしまいました。汽車の中はもう半分以上も空いてしまい俄かにがらんとしてさびしくなり風がいっぱいに吹き込みました」――（すでにサンプリング専用の音色で語られるはずの引用部も半分以上訛っている）朗読を、原作からのサンプリングを、わたくしはちょっと……もうちょっと、続けられません。

朗読を続けられない賢治。マイクの前に立つ気力もないのか、座り込んでしまう。

すると、歌手が、語れない賢治の代わりに——あの宮澤賢治の詞と曲による——『星めぐりの歌』を歌う。
あたかも、銀河鉄道そのものに求められたかの姿勢で歌いはじめる。

星めぐりの歌

あかいめだまのさそり
ひろげた鷲《わし》のつばさ
あおいめだまの小いぬ
ひかりのへびのとぐろ
オリオンは高くうたい
つゆとしもとをおとす

アンドロメダのくもは
さかなのくちのかたち
大ぐまのあしをきたに

五つのばしたところ
小熊のひたいのうえは
そらのめぐりのめあて

それから翻訳家もまた――可視であり不可視でもある通路を通って出現した。たったいま、歌手が声に出していた『星めぐりの歌』をみずから英訳して、すなわち『The Song of the Milky Way Traveler』と題名が付される英語の詩篇に換えて、静謐に、どこまでも静謐に水中的に読み出す。

The red-eyed Scorpion
The spread wings of the Eagle
The blue-eyed Lesser Dog
The Serpent of Light's coil
Orion sings high in the sky
As he sends down dew and frost.

Andromeda's clouds
Are shaped like a fish's mouth.
To venture north five lengths
Of the Great Bear's leg
And mount the Little Bear's forehead:
That is the goal of the Milky Way traveler.

読み終えると、翻訳家は消える。

消え失せる。

ここから劇は――朗読劇の『銀河鉄道の夜』は、ある速度を決して緩めることなしに進む。走る、走る――幻想第四次の鉄道を、どこかに。はるかな停車場に。もしかしたら……三次空間に？

ジョバンニ　カムパネルラ、また僕たち二人きりになったねえ。どこまでもどこまでもいっしょに行こう。僕はもうあの蝎のように、本当にみんなの幸いのためならば僕の体なんか百ぺん灼《や》いてもかまわない。

カムパネルラ　（眼にきれいな涙が浮かぶような、透明な声音で）うん。僕だってそうだ。

ジョバンニ　けれども本当の幸いはいったい何だろう。

カムパネルラ　（応じられずに、ぼんやりと――）僕わからない。

ジョバンニ　僕たち、しっかりやろうねえ。

カムパネルラ　あ、あそこ石炭袋だよ。空のあなだよ。

ジョバンニ　（その方向に目をやって、ぎくっとしてから）僕、もうあんな大きな闇のなかだって怖くない。どこまでもどこまでも僕たちいっしょに進んでいこう。

カムパネルラ　ああ、きっと行くよ。ああ、あそこの野原はなんてきれいなんだろう。

ジョバンニ　どこ？

カムパネルラ　みんな集まってるねえ。

ジョバンニ　どこ？

カムパネルラ　あっ、あそこにいるのは僕のお母さんだよ。

賢治　「ジョバンニもそっちを見ましたけれどもそこはぼんやり白くけむっているばかりどうしてもカムパネルラが云ったように思われませんでした。何とも云えずさびしい気がしてぼんやりそっちを見ていましたら向うの河岸に二本の電信ばしらが丁度両方から腕を組んだように赤い腕木をつらねて立っていました。／『カムパネルラ、

僕たち一緒に行こうねえ。』ジョバンニが斯う云いながらふりかえって見ましたら
そのいままでカムパネルラの座っていた席にもうカムパネルラの形は見えずただ黒
いびろうどばかりひかっていました。ジョバンニはまるで鉄砲丸《てっぽうだま》のように立ちあが
りました」――「ジョバンニは眼をひらきました」――「ジョバンニはばねのよう
にはね起きました」――「ジョバンニは一さんに丘を走って下りました」――「み
ちは十文字になってその右手の方、通りのはずれにさっきカムパネルラたちのあか
りを流しに行った川へかかった大きな橋のやぐらが夜のそらにぼんやり立っていま
した」――「ジョバンニはなぜかさあっと胸が冷たくなったように思いました」

ジョバンニ　何かあったんですか。

にわかに歌手が町の人に変化して、応じる。

町の人　子供が水へ落ちたんですよ。

この、短くて一瞬の、そして取り返しのつかないひと言。

賢治　「ジョバンニはみんなの居るそっちの方へ行きました。そこに」「カムパネルラのお父さんが黒い服を着てまっすぐに立って右手に持った時計をじっと見つめていたのです。／みんなもじっと河を見ていました。誰も一言も物を云う人もありませんでした」「下流の方は川はば一ぱい銀河が巨《おお》きく写ってまるで水のないそのままのそらのように見えました」「けれども俄かにカムパネルラのお父さんが」

カムパネルラの父　あなたはジョバンニさんでしたね。どうも今晩はありがとう。

そのカムパネルラの父親は、たちまち詩人に戻る。
カムパネルラの父親であるだけでは、なんにも救済できないから。
大切な詩の言葉を、発することができないから。だから――。
りんごの木のオブジェから、オブジェの実の三つめが収穫された。そして。

詩人　（客席にむかって言う）宮澤賢治の、賢治さんの、『銀河鉄道の夜』に捧げます。

二つの夜、おなじ夜

「星月夜の北の海にもやがたちこめ
私たちの船が氷山を避けられなかったとき
私はみなさんを押しのけてまで
この小さな人たちをボートに乗せることができませんでした」と
さびしく澄んだ笑い方をするきちんとした青年が話していた
その大きな船はアイルランドからアメリカに向かっていた
でもおなじ話は太平洋にもあるのです
パシフィック、すべての海はひとつにつながって
命を守るために懸命に働いている人たちがいる
努力を燃焼させるようにして
みんなの幸いのために

あの祭りの夜
川に落ちたともだちを助けようと

迷いもなくすぐさま飛び込んだ少年がいた
夜の川の水面に銀河が大きく映り
川と空がひとつのおなじ世界になる
祭りをつげる鐘の音がもうずっと鳴り響いている

ぼくはザネリです、ごめんなさい
ちがうよザネリ、命はきみの中を流れている
きみを救うことによって
カムパネルラの命があの子を生きたのだ
ぼくはジョバンニです、ごめんなさい
ちがうぞ坊主、おれたちの仕事は
命を生かすことなんだ
陸と海がぶつかるところでも
小さな太陽が爆発するその場所でも
ぼくはカムパネルラ、ごめんなさい
いいんだよカムパネルラ、大丈夫

これからはおまえが私の父親だ
おまえが流れていった川を私もいつか下ってゆこう
海辺まで、遠い海まで

気がつくとこうしてすべての私たちは
明るい気持ちでひとつの列車に乗って
窓の外の野原と星月夜を見ているのです
あの夜はあかりがすべて消え
はてしなく澄みきった春の空に
星が恐いくらいたくさん散らばっていて
すべてが美しくすべてがしずかだった
祭りをつげる小さな鐘たちの音がどこまでも鳴りわたり
やがてみんなが歌い出す
みんなで歌い出す
夜にむすばれて

朗読劇『銀河鉄道の夜』のあの主題歌を、歌手が奏でて、歌いはじめている。
それはハ、ル、レ、ヤのフレーズを甦らせることだ。
あのハ、ル、レ、ヤ、を。
祝福がある。その祝福に、詩人も、そして小説家も参加する。
にわかにみんながみんなになって——。
合唱。
おしまいには翻訳家も参加する。四つのオブジェは、完成して配されている。

当たり前だけれど、人との出会いがなければ作品など生まれない。この朗読劇『銀河鉄道の夜』の出発点には、まず、僕が宮澤賢治の詩篇を読んだCDブック『春の先の春へ』（左右社）がある。この本のプロデューサーは管啓次郎さんだ。管さんは書名《タイトル》の名付け親でもある。いかにして『春の先の春へ』が誕生するに至ったかは、その詳《つまび》らかな経緯が管さんご自身のエッセイという形で同書に収められているので、ここではふれない。ただ、いちばん大切なポイントは、その文章内で「古川は福島の子だ」と、管さんが僕を描写してくださったことだと思う。そうだ、俺は福島の子だ、と僕は強烈に自覚した。その自覚はまるで希望のようなエネルギーを僕自身に与えた。

この『春の先の春へ』の刊行記念イベントが二〇一一年十二月二十四日に開催されて、そこで朗読劇『銀河鉄道の夜』の初演バージョンは生まれた。出演したのは僕、管さん、小島ケイタニーラブくんの三人。

同じ年の、十一月か十二月だったと思う。僕は柴田元幸さんと別件で打ち合わせをしていた。その時、僕は「自分が被災地（＝現地）でできることはない。いったい何ができるのか、と考えると、怖いのです」と口にした。じつは柴田さんは、二〇一二年の一月に、僕の出身地の郡山市で朗読会を開いている。その予定を聞いて、僕はこう言ったのだった。すると柴田さんは返した──「被災地で、古川さんが朗読すれば、それは善です」と。

この瞬間は、本当に驚いた。柴田さんが言い切ってしまわれたことに。

結局、朗読劇『銀河鉄道の夜』は、二〇一二年三月十一日に東京で再演し、同年五月には東北三県の被災地に向かった。この五月の時点で、すでに柴田さんはメンバーだった。僕、管さん、小島くん、柴田さんの四人。そして、それを支える多くのスタッフ。なぜだか大勢の人が集まってくれた。レールの上を──それは幻想のレールに違いないのに──一丸となって走っているのだ、という確かな実感、体感があった。

ここまでで、脚本は三つのバージョンに発展した。僕は毎回、大きな区切りごとに脚本を改訂した。そうする必要があった。原作の『銀河鉄道の夜』はそもそも立体的な読みが可能な作品だ。おまけに、原作者の賢治自身が、一九二三、四年頃にこの作品の原型（研究者の間では〝初期形〟と呼ばれる）を生んでから、何度も手直しをしている。手直しというか、書き換え？　死の二年前の一九三一年には大幅な加筆を行なった。この最後の改訂版が、僕たちがだいたい知っている現状バージョンに当たるはずだ。

こうした多数のバージョンを有した原作を、僕も単一のバージョンでは朗読劇の脚本に落とし込めなかった、のかもしれない。ある種の必然は感じる。

僕の脚本は、二〇一二年の九月に第四の大幅改訂があり、その後、翌二〇一三年三月十一日の上演バージョンで一つの完成をみる。そのバージョンに推敲の手を入れたのが、ここに発表する決定稿「朗読劇『銀河鉄道の夜』」である。

これは福島の子が、自分に善を為《な》せるはずはない、と始終疑いながら疑いながら、数多い仲間の力を借りて産み落とした戯曲なのだと理解してもらえたら、嬉しい。

この戯曲に音色《ねいろ》——通常のサウンド、歌曲、そしてサンプリング音声——を付すことは、全面的に小島ケイタニーラブくんに委ねられた。初演時からそうだった。あの東日本大震災と呼ばれる悲痛な出来事の前後、僕にはずっと表現の相棒（パートナー）がいてくれたことを、しみじみ良かったと思う。

注文の多い翻訳者たち

柴田元幸

町には注文の多い翻訳者が二人いた。

一人は普通の意味で注文の多い翻訳者だった。仕事が早く、質もよく、余計なことはいっさい言わず何でも引きうけ、英語の原文を最大の効率で日本語に変換してくれるので、当然ながら注文は次々舞い込んだが、それをひとつも断らずにてきぱきとこなしていった。

もう一人は普通でない意味で注文の多い翻訳者だった。訳す文章の内容はもちろん、翻訳料、〆切、校正者、装幀、果ては打ち合わせの場所までいちいち注文をつけるので、出版社には煙たがられたが、日本語から英語に翻訳できる訳者は貴重な存在であり、かつ翻訳のセンスのよさは誰もが認めざるをえなかったから、こちらも注文は十分すぎるくらい来た。それに比例して、彼の出す注文もますます多くなっていった。

英語から日本語に訳す翻訳者(便宜上彼を、翻訳者1と呼ぼう)が仕事ができるのは、要するに自分がカラッポだからだった。自分といっても、ただの容れ物みたいなもので、およそほぼ何でも容れることができた。容れて、出す。そうすると、英語が日本語に変わっている。翻訳者1にとって、翻訳とは要するにそういうことだった。

日本語から英語に訳す翻訳者(便宜上彼を、翻訳者2と呼ぼう)が仕事ができるのは、原文に一体化するその情熱ゆえだった。文章に、ほとんど全身で反応する。相手をねじ伏せるのではなく、相手とひとつになる。叩きつけるのではなく、自分のうちに取り込む。そんな格闘技が想定できるとすれば、翻訳者2にとって、翻訳とはまさにそういうことだった。

容易に想像がつくことだろうが、二人の翻訳者は性格もまったく違っていた。翻訳者1は誰とでも等しく穏やかにつきあい、出された食べ物は何でも食べ、よい音楽を聴いたりよい映画を観たりすればそれなりに反応したが、音楽も映画も、あるいは書物さえ、なければないでべつに困らないようだった。

一方、翻訳者2は食べ物飲み物、その他あらゆる事柄に関してことごとくうるさく、気に入らないものがあれば歯に衣着せず罵倒した。人間についても同じことで、当然敵も多かったが、数少ない友人たちに対して示す友情は——突然何かほとんど不可解な理由で喧嘩になって壊れてしまわないかぎり——きわめて篤かった。

にもかかわらず、だが実はこれもほとんど同じくらい容易に想像がつくことかもしれないが、二人は大の仲よしだった。たしかに、二人が一緒にいる姿を見ると、「仲よし」という言い方が適切かどうか、迷うところではあった。どちらかの住居のリビングルームで、二人ともさもつまらなさそうな顔をして、昼ならコーヒーを、夜ならビールを、まずそうにちびちび飲んでいる。ときどき一方がぼそっと、たいていは仕事に関する質問を相手に向かって発し、相手はああとかううとか、イエスなのかノーなのかさえはっきりしないような音で応える。たまに少しは会話らしきものが成立する場合でも、たとえば、

「回文は、訳せないな」と一方が言い、

「ああ、訳せない」ともう一方が答え、

「竹藪焼けた、だもんな」とややあってから一方が言ってビールをもう一口飲み、

「Madam, I'm Adam、だからな」ともう一方が答えてビールをもう一口飲む。

——これでも、彼らの会話としては最高に盛り上がった部類と言ってよかった。

そして小一時間もすると、「それじゃ」と訪ねてきた方が言って、「うむ」と訪ねられた方が言い、訪ねてきた方が去っていく。とはいえ、たがいに相手の住居をふらっと、それなりの頻度で訪ねる慣習が長年とぎれず続いていることからして、ひとまずは大の仲よしと言ってよいのだろうと思われた。


あるとき、二人は、ほぼ同じような小説の翻訳を依頼された。

翻訳者1が渡されたのは、*Night on the Milky Way Train* と題された薄い本だった。

翻訳者2が渡されたのは、『銀河鉄道の夜』と題された薄い本だった。

パラパラめくりながら、童話だろうか、と翻訳者1は思った。

パラパラめくりながら、童話だろうか、と翻訳者2は思った。

Giovanniという名の少年が、Campanellaという名の少年と一緒に不思議な汽車に乗って旅をする話を、翻訳者1はいつになく引き込まれて、読み進めた。

やがて、'The Birdcatcher' と題されたセクションがはじまり、

'Mind if I sit down here?'

と、誰かの声が響いたとたん、翻訳者1のなかで何かが動いた。それと同時に、

「ここへかけてもようございますか。」

という訳文が、何も考えずとも頭に浮かんだ。というより、聞こえてきた。いや、それ以上に、自分がそう言った気がした。

ほぼ同じ時間に、ジョバンニという名の少年が、カムパネルラという名の少年と一緒に不思議な汽車に乗って旅をする話を、翻訳者2は、彼にあってはしばしばそうなるように、すっかり引き込まれて読み進めた。

やがて、「鳥を捕る人」と題された章がはじまり、

「ここへかけてもようございますか。」

と、誰かの声が響いたとたん、翻訳者2のなかで何かが動いた。それと同時に、

‘Mind if I sit down here?’

という訳文が、何も考えずとも頭に浮かんだ。というより、聞こえてきた。いや、それ以上に、自分がそう言った気がした。

続けて書いてある、その声を形容する‘a kindly, gravelly adult’s voice’という描写を、翻訳者1は即座に脳内で「がさがさした、けれども親切そうな、大人の声」と訳し、翻訳者2は、「がさがさした、けれども親切そうな、大人の声」を即座に脳内で‘a kindly, gravelly adult’s voice.’と訳した。

次に出てくる、この人物の容姿をめぐる描写を、翻訳者1は「茶いろの少しぼろぼろの外套を着て、白い巾《きれ》でつつんだ荷物を、二つに分けて肩に掛けた、赤髯《あかひげ》のせなかのかがんだ人」と瞬時に、ここでも原文と少し語順を変えて訳し、翻訳者2も、荷物の描写はうしろに回す方が効果的だと瞬時に判断して‘with a stoop and a red beard, dressed in a shaggy brown overcoat and carrying his things in a huge bundle that was wrapped in white cloth and slung in two equal halves over his shoulders’と訳した。

この人物が、章題になっている、the birdcatcher／鳥を捕る人であることもやがて判明した（'Bird-catchin's my line.'／「わっしは、鳥をつかまえる商売でね」）。読んでいくかぎり、物語を進める上で必要不可欠の人物というわけではなさそうで、むしろ、脇役、いやほとんど異物のように、唐突に現われて唐突に去っていく。にもかかわらず、翻訳者1も翻訳者2も、読み進めるにつれて、ますますこの人物のなかに没入していった。自分がだんだん吸いとられていくみたいな感じだった。

翻訳者1にとってそれは、ほとんど経験のない感覚だった。いつもは、来たものを、容れて、出す。それだけなのに、今回はずるずる、相手のなかにこっちが溶けていった。'Ah, I feel like a new man.' と the birdcatcher が言ったとき、翻訳者1は心底本心から「ああせいせいした」と言った。

翻訳者2は、たしかにこれと似た感覚はしょっちゅう体験していたけれど、ここまで相手と否応なしに一体化させられていく気がするのは、さすがに初めてだった。「どうしてあすこから、いっぺんにここへ来たんですか」とジョバンニに訊かれたとき、もう次を読む前から、自分が 'How? 'Cause I wanted to, that's how.'（どうしてって、来ようとしたから来たんです）とあっさり言ってのけることが翻訳者2にはわかっていた。

要するに、二人とも、だんだんと、鳥を捕る人に、the birdcatcher に、なっていった。

僕は、僕の訳語で言えば、鳥捕りだな、と翻訳者1は思った。

俺は、俺の訳語で言えば、the birdcatcher だな、と翻訳者2は思った。

わっしは、鳥をつかまえる商売でね。

Birdcatchin's my line.

ここにおいて、翻訳者1と翻訳者2のパーソナリティは完璧に重なりあう。空から見る人がいたら、二人が描く軌跡がきれいに交叉するのがわかっただろう。

だが、それに加えて、交叉した二本の曲線が自らをそのまま延長していき、それぞれ違った方向に進んでいくことも、空から見る人は看てとったことだろう。そのなかで、二人の鳥捕り＝the bird-catcherが、日本語でも英語でもない、あるいはどちらでもあるような第三の言語空間のなかで、一見同じようにふるまい、しかし傍目《はため》にも別々とわかる様相を示しはじめるさまも、空からの観察者は見たことだろう。

便宜的に、その言語を日本語に変換していっさいを記述するなら、二人の鳥捕りの言動はおおよそ次のようにまとめられる。

すなわち彼らは、一緒に列車に乗っているそれぞれのジョバンニとカムパネルラにどこまで行くのかと訊ね、自分はすぐそこで降りるのだ、鶴や雁や鷺や白鳥をつかまえるのが商売なのだと言って、鷺の取り方をジョバンニとカムパネルラに講釈し、取ってきたばかりの少しひらべったい鷺を二人に見せ、雁ならすぐ食べられると言いつつ二人にちぎって渡す。そうしてカムパネルラから、「こいつは鳥じゃない。ただのお菓子でしょう」と言われて妙にうろたえ、あわてて汽車を降りる。見れば彼らはどちらも外の野原に立っていて、舞い降りてくる鷺をほくほく顔でつかまえ、次々袋の中に入れていく。と、「急に両手をあげて、兵隊が鉄砲弾《てっぽうだま》にあたって、死ぬときのような形をし」、次の瞬間にはもうジョバンニのとなりで「ああせいせいした」と気持ちよさげに言っている。そして、彼らの瞬間移動の方法を問うジョバンニに、「どうしてって、来ようとしたから来たんです」とこともなげに答える。

その後、ジョバンニの持っていた切符にそれぞれの鳥捕りは妙に感心した態度を示すが、鷲《わし》の停車場近くでふたたびふっと姿を消し、それっきり二度と現われない。

――このようにふるまう自分を、なかば外から、なかば中から鳥捕り二人は見ている。そうしながら、一方の鳥捕りは、「……来ようとしたから来たんです」という自分の科白に、とりわけ強く反応している。

何しろ彼にかかれば、鳥たちもあっという間に袋に入れられ、お菓子にされてしまうのだ。何だか以前、自分だったか自分でなかったか、どこかの翻訳者が、容れて、出す、それが翻訳だみたいなことを言っていたが、まるであれだな、と彼は思う。ならば俺も中はからっぽか。とすれば、我が身を瞬間移動させることくらい訳はあるまい。そう鳥捕りは初めて、改めて、実感している。

一方、もう一人の鳥捕りが反応するのは、自分自身の、もう少ししょぼい部分である。

外套が少しぼろぼろで、背中がかがんでいるという外見はひとまず措くとしても、乗り込んできて荷物を網棚にのせながらかすかに微笑むこと。どちらへいらっしゃるんですか、とジョバンニとカムパネルラに訊く際に少しおずおずしていること。「ただのお菓子でしょう」とカムパネルラに言われたときの狼狽ぶり。そうやって、自分がいままでずっと、侘しかったり、どぎまぎしたり、おろおろしたりして生きてきたことを、鳥捕りは初めて、改めて、実感する。

けれども、二人とも何より、これは *Night on the Milky Way Train* という作品にも『銀河鉄道の夜』という作品にも直接は書いていないことだが、ジョバンニが自分に向けている、軽蔑と同情の入りまじった視線をひしひしと感じている。

からっぽだからこそ、鳥なんかいくらでも捕れるし、空間移動だって瞬間的にできるのだけれど、からっぽであることの虚しさに怯える気持ちが、一方の鳥捕りにはある。ジョバンニは、どこまで自覚しているかもわからないが、その怯えの翳《かげ》りを妙に敏感に感じとっているのだ。だからジョバンニは、鳥捕りからお菓子を差し出されて、「ぼくぼくそれをたべ」――munching away on it――ながらも、彼のことを馬鹿にした目で見ている。

そしてもう一人の鳥捕りも、哀れむようなジョバンニの視線を感じている。それも、一人目よりずっとずっと強く。渡された原文に、こう書かれていることを彼は確かめる。

ジョバンニはなんだかわけもわからずににわかにとなりの鳥捕りが気の毒でたまらなくなりました。鷺をつかまえてせいせいしたとよろこんだり、白いきれでそれをくるくる包んだり、ひとの切符をびっくりしたように横目で見てあわててほめだしたり、そんなことを一一考えていると、もうその見ず知らずの鳥捕りのために、ジョバンニの持っているものでも食べるものでもなんでもやってしまいたい、もうこの人のほんとうの幸《さいわい》になるなら自分があの光る天の川の河原に立って百年つづけて立って鳥をとってやってもいいというような気がして、どうしてももう黙っていられなくなりました。

こうしたジョバンニの哀れみに向きあうのが嫌さに、鳥捕りは――ふたたび瞬間移動の術を使って――姿を消すのである。なぜジョバンニは、これほど鳥捕りを哀れむのか。鷺をつかまえてせいせいしたとよろこんだり、白いきれでそれをくるくる包んだりすることは、そんなに気の毒なことだろうか。

鳥捕りは知っている。そういうしょぼい見かけの奥に、自分がもっと暗い記憶を抱えているのを、ジョバンニが嗅ぎつけていることを。

記憶の中では、取ってきた雪を布に包んで額に置いたとたん、あまりの熱さに「じゅっ」と音が立つ。ほんとうに「じゅっ」といったかどうかはもはや定かでないが——たぶんそんなことはありえないだろう——雪が溶けてしまうまであっという間だったことは確かだ。

もともと体の弱い子だった。学校も休みがちだったし、風邪をひくたび、肺炎になってしまわないかとヒヤヒヤした。外の冷気に当たらせすぎないよう、気を配るのは兄である彼の義務だった。なのにあの日は、冬なのに夕陽が赤々としてきれいだったものだから、あの子が何となく肌寒そうな様子でいるのも見えていたのに、つい長い時間、裏の山で過ごしてしまったのだ。

たちまち雪を溶かす高熱も下がらぬまま、終わりはまもなく訪れた。最期を看取り、葬式もあわただしく済んだあと、林の中をまる二日さまよってふらふらになって帰ってきたときには、自分の額も雪をのせたら「じゅっ」と音が立ちそうなほど熱くなっていた。その後、何日寝込んでいたかはわからない。ようやく目覚めたとき、そこはもはや違う世界になっていた。

そのことを理解するには、ずいぶん時間がかかった。はじめは、彼を傷つけないよう、彼の悲しみが長引かないよう、親たちが示しあわせて芝居を打っているのだと思った。同級生一人ひとりまで巻き込むなんて、ずいぶん手の込んだことをするものだと思った。だが、自分で村役場に行って戸籍を確かめられるくらい大きくなったころには、一応の理解に彼は達していた。すなわち、熱にうなされていた数日を境に自分は、妹のいなくなった世界から、妹などはじめからいなかった世界に移行したのだ。

時おり彼は思った。過去かどうかさえ定かでない、ここことは違う時空間で、自分は妹を死なせたのではないか。注文の多い料理店やイーハトーボ農学校での職を転々とした末に鳥捕りになったいまも、そんな思いは消えなかった。

そして、彼のなかにまだ残っている、1だったか2だったか、とにかく翻訳者だった部分も、これは鳥捕りの記憶じゃなくて自分の記憶じゃないだろうか、と考えていた。だから何年か前、自分の記憶(と、自分では思っているもの)とよく似た出来事を描いた短篇に出会ったときも、例によってだか珍しくだか強く反応して、翻訳するよう友に強く勧めたのだったか、頼まれもしないのに自分から進んで訳すかしたのだ。たしか、タイトルは、風、windに関係があった気がする……

ウインドアイ

ブライアン・エヴンソン

1

彼の少年時代、一家は素朴な家に暮らしていた。古いバンガローで、屋根裏も部屋に改造されていて、四方の外壁はヒマラヤスギの板張りだった。裏手にオークの木が一本、枝を屋根の上までつき出し、壁板は薄茶色、ほとんど蜂蜜の色だった。表側は陽がまともに当たるので、汚れた骨みたいな薄い灰色に褪せていた。表は板も堅くなって、陽と雨にさらされて厚味も減り、そっとやれば板によってはうしろに指を滑り込ませることができた。少なくとも彼の妹にはできた。兄である彼の指はもっと太いのでできなかった。

何年も経ってからふり返ってみるとき、彼はよく、そこからすべてがはじまったんだと思った。妹が板の裏側にそっと指を滑り込ませ、彼はかたずを呑んで、板が割れてしまわないか見守っている。それが妹をめぐる、一番最初の記憶とは言わぬまでも、ごく初期の記憶だった。

妹はふり返ってにっこり笑い、手はもう指関節まで入っていて、「何かある。これって何かな？」と言う。すると彼は妹に問いはじめる。たとえば、それってつるつるしてるかい？　それともざらざら？　うろこみたい？　血は冷たいかい、温かかい？　赤い感じ？　かぎ爪が出てる感じ、引っ込んでる感じ？　目が動くのがわかるかい？　そうやってあれこれ問いながら、妹の顔の表情が変わっていくのを彼は見守った。彼に言われた言葉を、妹は命ある、息をしているものに変えようと努め、やがてそれがあまりに生々しくなって、なかばクスクス笑い、なかば悲鳴を上げながらパッと手を引き抜くのだった。

二人はほかにもいろんなことをやった。たがいに苛みあうやり方はほかにもあった。二人がともに愛し、恐れたいろんなこと。二人の母親はそれについて何も知らなかったか、知っていたとしてもどうでもいいと思っているかだった。一人がもう一人を大きなおもちゃ箱のなかに閉じ込めて、部屋を出ていくふりをし、閉じ込められた方が我慢できなくなってわめき出すまでじっと静かに待つ。暗闇が怖かったのでこれは彼にはつらい遊びだったが、そのことは妹に悟られないよう気をつけた。あるいは、一人がもう一人を毛布できつくくるんで、くるまれた方が毛布を剝がそうともがく。なぜそんなことが好きだったのか、なぜそんなことをやったのか、大人になってみると思い出すのに苦労した。でも彼らは本当にそういうことが好きだったのだ。少なくとも彼は好きだったし——それは否定しようがない——とにかくそういうことをやった。そのことも否定しようはなかった。

　だからはじめにそういう遊びがあって——それらが遊びだったとして——それから、やがて、何か別のもの、もっと悪いもの、決定的なものが現われたのだ。あれは何だったのだっけ？　大人になったいま、なぜ思い出すのに苦労するのか？　何と言うんだっけ？　そうだ——ウインドアイ。

2

どうやって始まったのか？　いつ始まったか？　何年か経って家が彼にとって変わりはじめたときだ。家のそれぞれの部分を別々のものと考えるのをやめて、全体をひとつの家と考えるようになったときだ。妹はまだすぐうしろについて来ていて、壁板と壁とのあいだのすきまにいまだ魅せられ、コンクリートの階段に入ったひびの曲がり具合、ねじれ具合に惹かれていた。家があるということを知らないわけではなかったけれど、小さいいろんな部分の方が妹には全体より大事だったのだ。でも彼にとっては、その反対になってきていた。

それで彼は、うしろに下がりはじめた。庭をうしろに、家全体が一度に見渡せるところまで下がっていった。妹は怪訝そうな顔で彼を見て、あれこれ言って彼を引き戻そう、何か小さなものにかかわらせようと企てた。少しのあいだ、彼もそれに合わせて、妹がいま触っている表面とか、いま見ている影とかの意味を物語に仕立て、妹がふりに浸れるようそれを語った。けれどそのうちに、また何となく離れてしまった。この家に、家全体に、彼を不安にするものがあったのだ。でもなぜ？　ほかの家と同じじゃないのか？

妹は、見れば彼の横に立って、彼をじっと見ていた。彼はそれを妹に説明しようとした。自分を惹きつけてやまないものを何とか言葉にしようとした。この家はさと彼は妹に言った。少し変わかってるんだよ。何かが違って……だが、妹の目つきを見ると、これも遊びなんだ、お兄ちゃんがお話を作ってるんだと思っていることがわかった。

「何が見えてるの？」妹はニタニタ笑いながら訊いた。

いいじゃないかと彼は思った。遊びにしちゃえばいいじゃないか。

「お前には何が見えてる？」と彼は妹に訊いた。

ニタニタ笑いが少し揺らいだが、妹は彼を見るのをやめて、家をじっと見た。

「家が見える」と妹は言った。

「何か変なところはあるかい？」と彼は促した。

妹はうなずいて、それでいいんだよねと問うように兄の顔を見た。

「どこが変だい？」と彼は訊いた。

妹の眉が握りこぶしみたいにぎゅっと締まった。「わかんない」しばらく見てからやっとそう言った。「窓かな？」

「窓がどうした？」

「お兄ちゃんやってよ」と妹は言った。「その方が面白い」

彼はため息をついて、それから、考えるふりをした。「窓がなんか変なんだよな」と彼は言った。「ていうか、窓そのものじゃなくて、窓の数」。妹はにこにこ笑って続きを待っている。「問題は窓の数だ。外側の窓が、内側よりひとつ多いんだ」

彼は片手で自分の口を覆った。妹はにこにこ笑ってうなずいていたが、彼はもうそれ以上この遊びを続けられなかった。なぜなら、そう、まさにそれこそが問題だったからだ。外側の窓が、内側よりひとつ多い。いままでずっと、自分がそれを見きわめようとしていたことを彼は悟った。

3

だが、確かめないといけない。彼は妹を家のなかに入らせて、部屋から部屋を移動させ、それぞれの窓から手を振らせた。一階は大丈夫だった。毎回ちゃんと妹が見える。けれども、改造した屋根裏の、角のすぐ近くに、どうしても妹の姿が見えない窓がひとつあった。

小さな、丸い窓で、たぶん直径にして五十センチもない。ガラスは色が濃くて波打っていた。それが彼の指ぐらい太い金属の帯で固定してあって、全体がくすんだ、鉛っぽい縁に囲まれていた。

彼は家のなかに入って階段をのぼり、自分で窓を探したが、どこにもなかった。でもまた外に出てみると、やっぱりそこにあった。

少しのあいだ、自分が言葉にしたせいでこの問題に命を与えてしまったんじゃないかという気がした。もし何も言ったりしなかったら、半分窓はそこにないんじゃないか。そんなこと、あり得るだろうか？　そうは思えない。この世界はそういうふうには出来ていないはずだ。けれどもっとあと、彼が大人になってからも、ふと気がつくと、やっぱりあれは自分のせいじゃないのか、自分が何かやったせい——あるいは言ったせい——じゃないだろうかと自問しているのだった。

半分窓をぼんやり見上げていると、彼がまだごく幼い、たぶん三つか四つだった、父が出ていって妹が生まれてすぐのころに祖母から聞かされた話を思い出した。はっきりは覚えていなかったけれど、窓に関係ある話だったことは覚えていた。あたしが育ったところではね、と祖母は言った。窓、ウインドウとは言わなかったんだ、別の名前があったんだよ。彼はその名前を思い出せなかったが、Vで始まるということは覚えていた。祖母はその言葉を口にし、それから、どういう意味だかわかるかい？と訊いたのだった。彼は首を横に振った。祖母はその言葉をもう一度、もっとゆっくりくり返した。

「前半分はね」と祖母は言ったのだった。「風、ウインドっていう意味なんだ。うしろ半分は、目、アイっていう意味」。祖母自身の目は青白い、揺るがない目だった。祖母はそんな目で彼を見た。「窓っていうのは風の目にもなる。これは大事なことなんだよ」

それで彼と妹は、窓をそう呼んだ。風の目、と。風が家のなかを見るってことなんだ、だからぜんぜん窓なんかじゃないんだよ、と彼は妹に言った。だからとうぜんそこから外を見たりはできないわけさ、窓なんかじゃぜんぜんなくて、風の目なんだからね。

妹にあれこれ質問されるんじゃないかと心配だったが、何も訊かれなかった。やがて、もう一度見てみよう、窓じゃないことを確かめようと、二人で家のなかに入った。でも内側にはやはり、それはなかった。

それから、もっと詳しく調べてみることにした。どの窓がそれに一番近いか考えて、その窓を開け、二人で外に身を乗り出した。それは、そこにあった。十分外に乗り出せばそれが見えたし、もう少しで触《さわ》れそうだった。

「あたし、届くよ」と妹が言った。「この窓枠に乗って、お兄ちゃんが脚を押さえてくれたら、体を伸ばして触れるよ」

「駄目だよ」と彼は言いかけたが、怖いもの知らずの妹はもうすでに窓枠にのぼって身を乗り出しはじめていた。妹が落ちないようにと、彼は腕を妹の両脚に巻きつけた。いまにも妹を家のなかに引き戻そうとしたところで、妹がさらに身を乗り出した。妹の指が風の目に触れるのを彼は見た。それから、あたかも妹が溶けて煙になって、風の目のなかに吸い込まれたみたいだった。妹はいなくなった。

4

母親が見つかるまでずいぶん時間がかかった。家のなかにはいなかったし、庭に出てもいなかった。隣のジョーゲンセン家に行ってみて、それからオールレッド家、ダンフォード家にも行ってみた。母親はどこにもいなかった。それで彼が息を切らして家に駆け戻ると、なぜか母はもうそこにいて、カウチに寝そべって本を読んでいた。

「どうしたの？」と母が訊いた。

彼は精一杯説明を試みた。誰ですって？と母はまず訊ねた。それから、もっとゆっくりもういっぺん話してちょうだいと言い、それから、でもそれって誰のこと？と言った。それから、彼がもう一度説明すると、奇妙な笑みを浮かべて母は言った。

「だってあんた、妹なんていないじゃない」

だがもちろん、彼には妹がいたのだ。どうして母はそんなことも忘れてしまったのか？　どうなってるんだ？　妹がどんな子供か、どんな見かけか、彼は説明を試みたが、母親は首を横に振るばかりだった。

「いいえ」母はきっぱりと言った。「あんたには妹なんていないわよ。いたことなんかないのよ。ふりをするのはやめなさい。ほんとはいったい何の話なの？」

そう言われて彼は、ここはすごく慎重にやらなくちゃと思った。言葉にはすごく気をつけなくちゃいけない。息の吸い方を間違えたら、世界のまたどこかが消えてしまうと思った。

さんざん喋った末に、風の目を、ウインドアイを見せようと、彼は母親を外に連れ出そうとした。

「窓のこと、ウインドウのことね」と母が言った。声が大きくなってきていた。

「違うよ」と彼は言った。彼もだんだんヒステリックになってきていた。「ウインドウじゃないよ。ウ、イ、ン、ド、ア、イ、だよ」。そうして母の手を握って、玄関まで引っぱっていった。だが、これも間違いだった。なぜなら、彼がどの窓を指しても、それが家のなかのどこにあるか、母はちゃんと言ってみせたのだ。ウ、イ、ン、ド、ア、イ、は、妹と同じく、もうなくなっていた。

だが彼は、ちゃんとあったんだと言いはり、僕には妹がいたんだと言いはった。

こうして、本当につらい日々が始まったのだった。

5

その後の長い年月のなか、ほとんど確信する瞬間、ほとんどそう考える瞬間があった——自分には妹なんていたことないんだ、そう思うことが時には何週間も何か月も続いた。そう考えた方が、かつては妹が生きていてもしかしたら自分が一因となってもはや生きていなくなったのだと考えるより楽だっただろう。生きていないというのは、死んでいるというのとは違うと彼は思っていた。死んでいるよりずっと、ずっと悪い。何年か、妹のことを現実の存在と見てかつ架空の存在と見て時にはそのどちらでもないと見た、まるきり見境のない時期もあった。だが結局、それでもなお妹の実在を信じつづけた理由は——子どものころ何人も医者がやって来たにもかかわらず、この件が彼と母とのあいだに亀裂をもたらしたにもかかわらず、長年治療を強制されいろんな薬を飲まされて頭のなかに濡れた砂が詰まっているみたいな気になり果てたにもかかわらず、そして何年ものあいだもう治ったふりをしつづけねばならなかったにもかかわらず——それでもなお妹の実在を信じつづけた理由は、要するに信じているのは自分一人だという事実だった。もし彼が信じるのをやめたら、妹にどんな望みが残るというのか?

こうして彼は、母親が死んでしまい彼自身も老いて独り身になってからもなお、ふと気がつけば妹の身を案じ、妹はいったいどうなったんだろうと自問しているのだった。そして彼はまた、いつの日か妹はひょっこりまた現われるのだろうか、昔と同じ幼い姿で、二人でやっていた遊びを再開しようと現われるのだろうか、と考えた。ひょっとしたらあっさりまたそこに出現して、ちっぽけな指をヒマラヤスギの壁板の裏側に押し込み、期待を込めた目で彼をじっと見ているだろうか。自分が何に触っているか兄が言ってくれるのを、家と壁板とのあいだにはさまれてじっと待っているものを言い表わす言葉を兄がつくってくれるのを待っているだろうか。

「何なんだい？」と彼は杖に寄りかかり、しゃがれた声で訊くだろう。

「何かある」と妹は言うだろう。「これって何かな？」

そうして彼は、それを言葉にしはじめるだろう。赤い感じかい？　血は温かかい、それとも冷たい感じ？　丸いかい？　ガラスみたいにつるつるかい？　その間ずっと、いま言葉にしているもののことではなく背後で吹く風のことを自分が考えているだろうと彼にはわかった。いまうしろを向いたら、風の奇妙な、悪意ある目がこっちをじっと見ているだろうか、そう彼は考えるだろう。

大した望みではないが、望みとしてはそれが精一杯なのだ。おそらくは、それすらも得られはしないだろう。おそらくは、妹なんて現われないだろうし風も現われないだろう。おそらくは、いま生きている生をこれからも抱え込んだまま、彼自身死ぬか生きていなくなるかまでの日々を過ごすのだろう。

それにしても——と鳥捕りは思った——人の不幸を嗅ぎとるのに長けた子どもだったな、あのジョバンニっていう子は。それがあの子をよりよい人間にするのに役立てばいいが、と考えながら、舞い降りてくる鳥をまた片っ端から捕まえては袋に入れていると、気がつけば一人の子どもが目の前に立っていた。

「こんにちは」とその子は言った。誰かと思ったら、不幸を察知する子と一緒に汽車に乗っていた、「ただのお菓子でしょう」と言い放った子だった。もう一人の子と違って、この子はあのとき、普通の手続きを経て銀河鉄道に乗っていた。持っていた切符も、どこへでも行ける大判のじゃなくて、ごく当たり前のねずみ色の切符だった。

「教えてください」とカンパネルラは穏やかな口調で言い、二人の鳥捕りはそれをまったく同じように聞いた。「あなたがたは、虚しさに怯えているとか、かなしい過去を抱えているとか、そういったことをお考えになっていらっしゃるようですが、それで現在、あなたがたは、人のほんとうの幸《さいわい》のために、何をなさるのですか」

人の、ほんとうの幸のため。人の、幸。それこそが、二人ともこれまでずっと、そういうことが考えられる人間になれたらと希《ねが》いつつ、考えずに済ませてきたことだった。いままでずっと、自分の幸だけ考えて、鳥捕りは、翻訳者は、生きてきた。もちろん人の役に立てば嬉しかったが、嬉しいのは、それが人のためになるからではなく、自分が人のためになれることが誇らしいからでしかないと認めるくらい彼らは自分に正直であった。

「ぼく……わかりません」と、僕はおずおず言った。

時間が過ぎていった。いいんだよ、それで、という声がどこからか降ってくるのを僕は待ったが、いつまで経っても、そんな声はどこからも聞こえてこなかった。

三十三歳のジョバンニ

管啓次郎

1　ぼくらは列車に乗り、その列車はいつのまにか行方を見失って、ただガタンゴトンと単調な音を立てながら、どこともいえないどこかへと夜の野原を走ってゆくのだった。列車は車内の灯りをすっかり消し、窓の外にひろがる夢のような風景ばかりが水のように座席やすわる人の心に流れこんでくるのだった。ぼくらは旅をしていたがその旅の目的も目的地もすでにわからなくなって、ただ行けるところまで行こうという言葉だけが耳にはっきりと聞こえている、残っている。でもその言葉を誰がいついったのかは、昨日街角ですれちがった人の顔のようにもう思い出せなくなっているのだった。ときどきウィンクするみたいに鋭い光を投げかけてくる遠い灯台が、この線路がけっして海から遠くないことを思い出させてくれる。狼であるはずはないが犬だとも思えない動物の遠吠えのような声が響いて、ケーンという列車の警笛とひとつに混じり合った。なぜだろう、おなかがすいた、あるいは、すかない。列車は果樹園のような森にさしかかり、木々には子供のげんこつくらいの大きさのりんごの緑と赤の実がたわわに実っていて、列車の速度も車内と木々のあいだの距離も関係なくただ手を伸ばせば実が自分からふわりと飛んでくるようで、飛んできた実が掌に着くとただちにその香りと酸っぱい味わいが口いっぱいにひろがるので、もう食べても食べなくてもどっちだっていいという気持ちになるのだった。そんな話をまさおから聞かされたことがあった。まさおは思い出話として、それを語った。

2　きみは眠っているの。ぼくはまだ起きているよ。眠りの中で夢が起きるとき夢はどんな時間にも空間にもきみを連れていってくれる。だからそれは魔法だ、もっとも手軽な宇宙旅行。夢の時空は目覚めている現実の物理的な法則にしたがわなくていい。それでも夢が「使う」時間と空間は自分自身がそれまでに経験した過去の時間と空間だけを素材としているもので、この「自分」をまったく超えたどこかや何かを出発点として物語やイメージを演出することはできない。ほとんどの場合、夢の中でぼくらは自分の過去のある一点へと帰ってゆく。過去のある場所へと、そっと帰ってゆく。引き戻されるんだ。夢で見たできごとやそのできごとが埋めこまれた世界はしばしば目覚めとともに忘れられるため、目覚めたあとぼんやり漠然とした悲しみやさびしさの印象につきまとわれることが多い。それはたったいままですぐそこにいた「存在」（なんであれ）、あるいはそこにあった世界と、瞬時のうちに絶対的に引き離されたことの悲しみなのだろう。ほら、さびしさがやってくる。目覚めたくなんか、なかったのに。きみはまだ眠るの。眠っていいよ。好きなだけ、足りるだけ寝ればいい。よく眠って。眠れば治るから。きっと。

3　以前、先生からこんな話を聞いた。ヒトという動物の進化の歴史の中で夢が果たした役割について。それは果たされなかったコミュニケーションを埋め合わせるものだ、ということ。とりかえしのつかない不在の相手とのあいだに、心の通信を経験させるものだということ。簡単な例をあげようか。夢の中で人は死者と話をすることができる。夢の中で人は動物と話をすることができる。だから。ぼくはぼくの死者A、B、Cと昨晩夢の中で話をして、非常にみちたりた、桃の花のような気持ちになりました。ぼくはぼくが殺した猪、鹿、熊たちに夢の中で再会してお詫びをいい、一列に並んだかれらから許してもらうことができました。それから私は夢の中で私の死者たちと手をつなぎ遠い道を川岸や海岸めざして歩いてゆきました。それから私は夢の中で獣たちの母神に会いこれまでに殺した彼女の子供たちの毛皮と骨を返しこれからも子供たちを送りつづけてくださいとお願いしたのです。かれらの肉を、私の人々のために。こうして夢は神話や民話をはじめ、生と死を交換し、悔恨を物語によってやわらげてくれる。ほんとうにすまなく思うことがあるんだ、ぼくには。いろいろな理由で死んだ家族やともだちに対して。ぼくたちを生かすために命をささげてくれた獣たちに対して。先生はそんなことを授業で語った。

4　まさおは大学の同級生だった。四十歳をすぎてかつて中退した大学に入り直したものの、あまり人付き合いがないぼくにとってまさおは一時期たぶんもっともよく話す相手だったので、年齢は二十歳もぼくのほうが上だけれど親友だといってもよかった。あるときまさおが出るという授業にぼくもついてゆき、聞いたのがいまの先生の話だった。授業が終わるとまさおと長い道を商店街や郵便局や修理工場や教会を通りすぎてどこまでも歩いた。歩きながらまさおはポツポツと自分の考えを話した。だいたい無口だけれど、どこか考えこむような、ときどき眉を上げて途方にくれたような話し方をするのでそれでかえって強く記憶に残ることがあった。まさおの話はしばしば脈絡がなくて因果関係もよくわからず謎めいているけれど何か不意に心にさしてくるものがあるのだ。「さす」というのは日がさす光がさすというときの「さす」。明るみがやってくる。ものごとの輪郭に輝きが生じる。まさおが夢についていったことで、よく覚えている言葉がある。「夢はつむじ風、夢はどしゃ降り。夢はやわらかく温かい雨、夢はジリジリと心を焦がす日光」。まさおはほとんど眠るようにぐったりと列車の座席に体を沈ませたまま、そんな風にいっていた。

5　ところでみなさんはブルームズ・デイを知っていますか。今日はブルームズ・デイ、六月十六日です。二十世紀アイルランドの小説家ジェイムズ・ジョイスの代表作『ユリシーズ』の記念日です。『ユリシーズ』という作品は一九〇四年六月十六日のダブリンを舞台としています。この日付は、おもしろいことに、作者ジムが後に妻となるノラという女性と初めてデートをした、作者にとっては特別の日だったのだそうです。そのこと自体は、ぼくたちには何の意味もありません。ただ『ユリシーズ』という小説が書かれ、その作品の空間が六月十六日だということで、この日が特別な一日になるのです。でもいまぼくがいるのはダブリンではない。ここは福島県南相馬市立中央図書館、二〇一三年。今日は午前十時の開館とともにここに来て、この北欧風の瀟洒で機能的な充実した図書館で、これから閉館の午後五時まですごす。お昼ごはんも食べずに書くつもりなのだ。何を書く？　物語への注釈というか、その余白への書き込み。物語が延長されるときの、別種の物語。そして物語のことを考えはじめるとき、ぼくの頭は暗くなり、夜になり、想像と現実の区別もつかなくなってしまう。季節の印象、この六月という真夏の印象、光にみたされた明るい夜の印象は、ぼくたちの頭の周囲をすっかり風のように包んでいるというのに。南相馬にいて、この場所でも、ぼくの想像はダブリンにも、どこにだって、行くことができる。誰のことを考えてもいい。何を思い出してもいい。

6　ところでまさおはこのごろずっと睡眠不足で疲れていて、いろいろなことをどう考えればいいのかがわからなくなっていたのだ。銀河を見てもたぶん、それがやっぱりすべて星だということを、自信をもっていうことはできなかっただろう。それはたしかにそんな風に見えるのだが、見えるという以前にそう判断する自分の知識があやふやだと思えて、ほんとうに星だといいきることができない。何年か前に会社勤めをやめたころ、まさおはいつもWilcoの歌“Jesus, etc.”ばかり聴いていた。その歌を知らない人は、ぜひYouTubeで検索して聴いてみてください。ある歌のメロディーと歌詞がなぜかある時点ある状況での心に、あまりにも深く入ってくることがある。割れた岩のすきまに植物が根を伸ばすように。「きみがいったことは正しかったね、星のひとつひとつは沈んでゆく太陽だ」というその歌詞の切れはしが、いつまでもくりかえし頭の中で響くのだった。そのとき、まさおが「きみ」という代名詞で考えていたのはけいこのことで、けいことは二度と会うことがないのもわかっていた。けいこが今どこでどうしているのかも知らない。けいこはどこで暮らしているのだろうか。あのころ夢として語っていたように、狩猟の免許をとって女猟師となり鹿を狩っているのだろうか。ダイアンけいこ山本。フィリピン系日系ハワイ系アメリカ人の父親をもつ、小柄で敏捷な女の子だった。でも以下の物語にけいこは登場しない。

7　大人になってからのまさおはいくつかの仕事についた。学校を出て、まず小学校の先生になった。それは自分に向いた仕事だと初めは思っていた。でも次第に、児童の親たちとの関係に疲れるようになってきた。まさおと教え子たちの年齢差は十五、六歳でしかなく、親たちの多くはまさおよりも十歳ほど上だった。その子たちの母親の何人かが、ことあるごとにまさおに意見をいった。彼女らは要求が多かった。しばしば無理難題のような要求を別々の母親から出された。「うちの子にはどうしても医者になってほしいの。算数をどんどん伸ばしてください」「勉強はね、適当でいいんですよ。十分に森や川で遊ばせて、地球温暖化と生物多様性について話してやってくださいな」「これまでもこれからも、なんといっても英語でしょ？　先生、発音だけはちゃんとお願いしますよ」「危ないことはさせないで。原材料がトレースできない給食はいりません」「私は土曜日にも仕事をしているのだから学校でちゃんと面倒を見てくださいよ」「毎日人参を持たせますので必ず正午に食べさせていただけますか」「虫が怖いんだから仕方ないでしょう、いくら理科だからといって無理にさわらせないでちょうだい」そんな数々の要求の言葉が少しずつまさおを追いつめてゆき、ああこれではぼくにはとてももつとまらないと思いはじめたらあとは坂道をころげ落ちるようにして、まさおは二年で学校を退職した。

8　それから会社をいくつか替わった。新聞社の広告とりは、内向的なまさおには辛い仕事だった。書店ばかりを相手にする出版社の営業ならそれでも勤まるかと思ったけれど、まさおが扱う本はどれもまったく売れそうにないと思われるのかどこの本屋さんでも置いてもらえなかった。水産会社の事務もやってみたが、海の風どころか何の実体も感じられない数字のやりとりだけで話が完結する上、猫みたいな顔をした上司の悪意が日に日に強くなってこれも耐えられなくなった。つづくビルの窓ふきは楽しかった。正社員ではなくバイトの扱いだがなぜか気のいい仲間ばかりで（それぞれバンドをやっていたり写真家の卵だったり）屋外での仕事はしばしば気持ちよく、快晴の日はたとえ暑くても爽快だった。ただ、雨の日と風があまりに強い日には仕事がとりやめになった。ある年の春から夏にかけてこうして楽しく働いていたのだが、ある日業務前にひどい目眩がして以来、高いところにあがるのが一瞬にしてどうにも怖くなってしまった。それでこの仕事もやめ。それからの数年はコンビニの夜間シフトをやっている。これからどうしようかと思う。これからどうすればいいのかわからない。

まさおは三十三歳だ。

9　雨があがり、空は曇っているけれども明るくなってきた。ぼくは外の空気を吸うために図書館のすぐそばにある原ノ町駅まで歩いていった。日曜日二〇一三年六月十六日の午後の駅は閑散としている。駅員さんが床を掃き、あとは売店に店員のおばさんがいるだけ。旅客はひとりもいない。切符の自動販売機の上にある路線図には貼り紙があった。「原ノ町駅〜広野駅間は、警戒区域内のため、運転を見合わせております」。原ノ町、磐城太田、小高、桃内、浪江、双葉、大野、夜ノ森、富岡、竜田、木戸、広野。駅として働くことをやめ、いつになれば運転が再開されるかわからない線路上に、ぽつん、ぽつん、と孤立する駅たち。もう駅ではなく、駅のふりをしているだけの駅。人が住めなくなった土地をあてどなく守るかのような、列島をなす小さな島々のような駅たち。そして線路であることをやめてしまった、そこにあるのに途切れた線路。つながっているのに、断ち切られた線路。

10　図書館に、ぼくはアレシュを連れてきたのだ。アレシュ・シュテーゲルは中欧スロヴェニアの詩人。彼がとりくんでいるプロジェクトは、公共の場で自分を人目にさらしながら、十二時間ほどかけてひとつの作品を書き上げるというもの。小冊子にして三十ページ分くらいの分量のテクストと何点かの写真を組み合わせ、その小冊子は驚くべきことに二十四時間以内に印刷され完成されるのだという。以前の冊子を見せてもらった。スロヴェニア語がまったく読めないぼくには内容がわからないが、外見は見事な出来映え。彼はこの現地制作を（英語では）Written on the Spot と呼んでいる。今回は日本にやってきて、福島で、そんな制作を試みることにした。場所はどうしようか。相談を受けてぼくが最初に思いついたのが、ここ南相馬の図書館。アレシュはすでに一昨日のうちに南相馬を初めて訪れ、小高地区をはじめとする津波に破壊された土地を見るとともに、国道が封鎖されるその地点まで福島第一原発に接近してきた。彼が何を考えどんなヴィジョンを得たのかは知らないが、すでに四時間あまり、お昼の休憩もとらずに真剣な顔で書きつづけている。そしてその間、ぼくも物語を進めようとしている。まさおのことを思い出しながら。まさおの気持ちにあったはずの、どこかの小さな街角か村の道や広場のことを書こうとして。

11　まさおの毎日はそれから何年か、おなじようなリズムですぎていった。午後十一時にはじまる夜間の業務、明け方の掃除。朝七時には店長夫婦が出勤するので、それで交替する。かれらはそれから午後までいて、午後から夕方は近所の主婦、夜の早めの時間はだいたい学生のアルバイトを使っている。それも中国やネパールからの留学生が多い。夜間シフトをずっとやっているのはまさおだけで、ほかは三、四人がときどき顔ぶれを変えながら「常時二名以上在店」という店の鉄則を守れるようにして勤務していた。このやや年齢が上のグループはみんな三十代以上で、それぞれに「これは」という目標があった。ビリヤードの全日本級の選手。映像作家。書道家。夕方、小中学生相手の書道教室をやってから夜のシフトに入る、まさおよりいくつか上の田上さんの場合、ほんとうの情熱と興味の対象はアラビア語カリグラフィー（書道）なのだった。映像作家は沢野くんといって坊主頭でなんとも柔和な顔をしていて、これなら実際宗教家になればそれでじゅうぶん生計が立てられるのではないかと思えるのだけれど本人はそんなことには興味がない。限界集落と呼ばれるいくつかの山間部の村の生活を、たんたんとナレーションのないビデオ作品にしていた。

12　かれらはいい、とまさおは思っていた。ぼくはどうしよう、とまさおは思っていた。仕事にすっかり疲れていたころのまさおは本を読む気力もなかったが、もともと本を読むことがきらいではないのだ。たくさんは読めないし読まないけれど、学生のころ先生のいっていたことをいまでも覚えているし実践することがある。先生は本の読み方をこんな風に説明していた。きみたちはある言葉の意味が、どんな場合にも変わらないと思いがちだ。でもそれはとんでもないまちがいなのだ。言葉というか語の意味は人がそれぞれ勝手に使っている。意味はどんどん変わる、変わっているよ。犬といってごらん。きみが秋田犬を思い浮かべていても、相手はパピヨンを思い浮かべている。彼がバセンジーかディンゴを思い描いても、彼女はチベタン・マスチフを想像する。人間のディスコミュニケーションってやつは、どうしようもないもんだよ。ましてや犬猫ほどにもたしかな存在のないものをさす、もっと微妙なあれこれの語になると。いいかい、ワードつまり単語の意味はセンテンスつまり文の中で初めて決まるんだ。そしてセンテンスつまり文の意味はパラグラフつまり段落の中で初めて決まるんだ。センテンスだのパラグラフだのと私がいうのは私が英語教師だからでそれは許してほしい。みんな「考え」ということをよくいうが、人間の考えなんてごちゃごちゃしていてまるで混沌至極でてんでなっちゃいないものだよ。いわゆる考えは切り分けられていない肉、食べられない部分を取り除いていない野菜のようなものだ。それがはっきりしたかたちになって人に咀嚼できるものになるのは段落としてのかたちを整えられてからのことさ。そうさ。うん、たしかにそうだ。私にはそんな風に思える。段落こそ料理だ。段落が鍵を握るのだ。長い文章を読んでもよくわからないことは多い。人間にとってじつに他人の文章とはわかりにくいものだ。何かあると思ってもその何かが見えてくるのは読んだずっと後になってということが多い。だから私がきみたちに勧めたいのはね、段落を読むことだ。段落で読むことだ。数は少なくていいから、決められた段落をくりかえし読むことだ。毎日読むことだ。抜き書きを作っておくといいね。ノートの一ページにひとつ、あるいは情報カードでもいいだろう。コピーでもいいけれど、手書きがいいよ。動く歩道に乗ることは歩くことの代わりにはならないだろう。手書きがいいよ。そして毎日、おなじ段落をくりかえし読むのだ。それでわかってくる。そのうちわかってくる。何かがわかってくる。何がわかったかはわかってみなければわからないような、そんな何かがね。

13　先生はそもそも話し方がわかりにくかったが何かを一所懸命に語ろうとするところにまさおは好感をもっていた。まさおが大学に入った年の英語の先生なのだった。まさおは高校生のころは英語があまり得意でなかったが、大学に入って先生の最初の授業でまさに目から鱗が落ちる思いをした。先生はいった。簡単なことを100パーセント身につけるべし。言葉ってそういうものだ。身につけるということは、反応時間を限りなくゼロに近づけるということ。中学校の教科書に出てきたセンテンスがみんな十分に身についているか。七語、できれば九語までのセンテンスは瞬時にそのままくりかえしていえるようにすること。「へえ、そうなの？」「あれって何だっけ？」というレベルではダメなんだよ、言葉は。センテンスそのものを体に入れること。口に出してくりかえしながら、そ、れ、に、と、も、な、う、動、作、を体と心ができるようにすることだ。瞬時に。言葉ってそういうものだ。

14　三十三歳のまさおにはもう十年ほども家族がいなかった。おかあさんはまさおが小学生のころから病みがちだったが結局中学生のときに亡くなったようだ。どんな病気だったのか、ぼくは聞いていない。まさおはひとりっ子だった。おとうさんは、まさおが大学を出た年にほんの三か月ほど床について、やはり病気で亡くなった。まさおが小学校の先生をしていた時期だ。おとうさんは定年退職するまである研究所に勤めていて、原子力発電の専門家だった。口ごもる人だった、とまさおがおとうさんのことを話したことがある。ある文を口にしはじめて、最後の「。」にたどりつかないことが多かった。おとうさんとはずっと一緒に暮らしたが、あまり会話はなかった。小学生のころ、おとうさんが原発の専門家だということで、同級生たちからからかわれたことがあるそうだ。担任の先生（理科の先生）が、原子力のことを勉強したとき、ふと、まさおのおとうさんの職業を口にしてしまったのだ。先生は技術者一般に対するある種の敬意をもって話したのだが、同時に「原子力発電は私たちの社会には不要なものです」という彼なりのメッセージをはっきりと伝えた。それに反応した同級生の何人かが、まさおのことを「ゲンパツくん」と呼びはじめた。まさおにはそれは青ざめるくらい辛いことだった。子供たちって残酷なものだから、と後に小学校の先生になったまさおは思ったことがあった。おとうさんは研究所に勤めながら、ずっと自分とまさおのお弁当を作ってくれた。自分は第一線の知識をもつ技術者だったけれど、まさおに自分とおなじ道を進ませようという希望はまったくなかった。自分の仕事のことを話すことがなかった。まさおが大学で文系に進んでも、それにも何もいわなかった。釣りが好きで何度かまさおをダム湖に連れていってくれた。ダム湖とは不自然なものだ、とおとうさんがあるときいった。でも不自然さを組み入れてやっと生きているのが現代の人間社会だから、とおとうさんは自分にむかってたしかめるようにいった。まさおは水を浴びたような気がした。

15　あまり出かけることのないまさおだったが、三月十一日の地震が起きて一年あまり、初めて一週間の休みをとって海岸へと旅をした。線路が断ち切られ交通が途絶した地方にバスでむかった。そこは初めての土地だ。バスの発着所に変わってしまった駅に降り立ち、どこに行けばいいのかわからない。海岸まで歩いてみようと思った。方向だけ見当をつけてどんどん東にむかって歩いた。町が終わりまばらに民家があり、あるところから先にはもう何もなかった。わずかに残された、半ば壊れた家。瓦礫を積んだ山。なぜそこにあるのかわからない巨大な水たまり。ひっくりかえったままの軽自動車。倒れた自販機。そうしたものが点在するけれど、印象をいうならそこは一面の「広さ」だった。海のような広さをもつ陸地だった。心臓をドキドキさせながらどんどん歩いて行った。汗をたくさんかいた。ずっとむこうに壊れたコンクリートの防波堤があり、一時間ほどもかけてそこまで歩いてゆきその上に立って見るとテトラポッドも整列を解かれて途方にくれているようだった。波が打ち寄せるリズムは変わらない。その防波堤の上で、むかしおとうさんがいっていた「不自然さを組み入れて」という言葉をまさおは思い出したのだ。

16　防波堤のそばには何かの祭壇が作られ、太鼓を単調に叩きながらお経を読んでいる人たちがいた。祭壇には花がそなえられ花とはいったい何なのかとまさおは思った。ぼくにはこの風景そのものへの悲しみはないかもしれないとまさおは思った。でもああしてお経をあげている人たちのことを思

う と胸がいっぱいになり、さらにはお経すらあげることができず黙っている人たちのことを思うと胸がざわめく森になったようで、まさおはこの光景をたとえばおかあさんに見せたかったと思った。おとうさんに見せたかったと思った。そしておかあさんとおとうさんの感想を聞きたいと思った。おかあさん、二十年あまり前から死んでいるぼくのおかあさん、おとうさん、すでに十年近く死んでいるぼくのおとうさん、この土地はこんな風になってしまいました。この土地でぼくにはなにもみんなの役に立つことができません。こうして見にきても、どうすればいいのかわかりません。それから帰りはじめたとき、軽乗用車を運転していた女の人がまさおに声をかけてくれた。どうしたの、よかったら乗っていきませんか。それで四、五キロ先の駅のあたりまで、彼女の車に乗せてもらうことにした。

17　女の人はめぐみさんといった。まさおよりいくつか年上な感じだった。小さな、いかにも走り抜いたという歴史を感じさせる車に乗っていた。この土地に自分はつながりがない、でも見ておきたいと思ってここに来たんです、それがいいことかどうかもわからないけれど、とまさおはめぐみさんに話した。めぐみさんは、私もよそものだから、といった。私はこの県で生まれ育ったけれど、どこにいっても結局よそものだから。ただこうして土地を走り歩き立ち止まって植物のようすを見ている、とめぐみさんはいった。彼女は華道家だった。いまはこの県のずっと内陸部のほうに住んでいる。父が華道家だったのね。でもね、私は華道という言葉は使わないの。しばらくは自分で勝手に「花道《はなどう》」

と呼んでいた。けれども花って結局は植物にとっては一時的な現象でしかないでしょう。その背後に

ある植物の世界をまるごとつかみたい。植物がこの世に現われること自体、広い意味ではたしかに

「はな」だけれど、花そのものは植物のごく小さな一部、その命の循環の中のつかのま。それで私は

いまでは自分がやっていることを「草木道《そうもくどう》」と呼んでいるの。それからめぐみさんが、その先まで行

ってみましょうかといって、車で連れていってくれたところがあった。

18　海岸だ。海岸の崖の上だ。そこに岩盤が露出している。やや青みがかった灰色の岩ははっきり

と層をなしていて、その層が傾斜していることから造山運動による褶曲の跡がわかる。この岩壁はず

っしりとした重みをもって地球という球体に斜めにつながっているようだ。土があり岩があるとき、

岩は土壌にとっての骨のようで、そのたしかな存在感はそれ自体が光のように明るく、実際に晴れた

海岸の夕方の中でその岩は輝いて見えた。どう、この岩盤、とめぐみさんがいった。これは一億年以

上前の岩らしいよ。この岩ができて以来、地面は動きつづけている。時間の尺度がそこまで大きくな

ると私たちにはどうやってもそれをとらえることができない。でも時間を凝縮させて極端な圧力をも

って固めたようなこの岩が見せているのはまさに時は経過してきたということ、これからも経過する

ということ。岩石は草木を超えている。生命をぜんぜん超えている。超えながら包んでいる、あるい

は、載せている。この岩の露出。でも正直にいうと私は岩石がもつ意味をそんなに真剣に考えたこと

がなかったの。激しく動揺し波に洗われたこの海岸を見て、それからこの岩の壁をこうして訪れるまで。めぐみさんはそれからまた何もない「広さ」の中を抜けて、まさおを駅という名のバス発着所まで送ってくれた。その間もめぐみさんはまるで不在の相手にむかって話すようにして、まさおにさらに語りかけていた。いま見ておきたい、植物のようすを。そして動物たちがこれからここでどうやって生きてゆくのかを。私はそれを見たい、見てゆきたい。いま一時的にこの土地を立ち去った植物も動物も必ず帰ってくるから。この土地が、場所が、求めている、呼びかけている相手としての動植物がいるのだから。かれらは必ず帰ってくる。私はそれを見たい。

19　岩盤とめぐみさんの話にちょっと混乱してしまったまさおはめぐみさんにうまく言葉を返すことができなかったが、それをいうなら、まさおの反応はいつもその場に遅れているのだった。ぼくはぼく自身の人生にすら遅れをとっている、と自嘲気味に考えることが彼には時々あった。めぐみさんの小さな車の中でまさおが思い出したのは、コアラのサムのことだったのだ。ユーカリの森が燃えつづけるオーストラリアの激しい山火事の現場で、消防士が衰弱した野生のコアラを見つけた。野生のコアラだからもちろん人を見れば逃げようとする。でももう逃げる気力もないのか、ぐったりとその場にうずくまったまま途方にくれているようだ。消防士はペットボトルの水を少しその鼻先にこぼし、瓶の口をコアラの口に近づけてやった。するとこの雌のコアラは驚いたことに、流される水をごくごくと飲みはじめた。一本を飲みきって、二本目へ。よほど熱にさらされよほど喉が乾ききっていたのだろう。そのときサムはヒトを恐がらなかった。そのときサムにはまだ名前はなくて、サムは水をくれた人間に対して感謝か、あるいは少なくとも同種の仲間に対するのとおなじくらいの信頼を感じていたかもしれない。でも感謝すべきなのはサムに水をあげることができた人間であり、その話を聞いた人間たちだったろう。まさおはそう考えた。その考えがもたらすモヤモヤした気持ちを、まさおはめぐみさんに伝えることができないまま、駅のふりをしたバス発着場で彼女と別れた。

20

　ぼくの思い出を話します。小学校四年生のころ、ぼくは農村が大都市近郊の住宅地に変わってゆく地帯に住んでいて、近所には農業用水がありました。その小さな、でも水量の多い川には生命が充満していて、ふな、かえる、ざりがに、かめ、水棲昆虫、なんでもいました。子供たちはそこで小動物を捕まえて遊びました。たちの悪い上級生たちは捕まえたかえるの口に爆竹をくわえさせ体を吹き飛ばしてよろこんでいました。ぼくはやつらがきらいでした。かれらの底なしの意地の悪さや残酷さは、もちろん小動物以外のあらゆるものにも向けられていたからです。用水のわきに野菜も魚も缶詰や茹でた麺も売っている小さな食料品店があり、この店ではたとえば捌いた魚のはらわたをそのまま用水に捨てていました。思い出すと、よくあんなめちゃくちゃなことをしていたものだと思いますが、水草が育った農業用水はそれ自体水中の密林のようにすべての生命をリサイクルするとでも考えていたのかもしれません。これはコンビニが小売業界を席巻する以前の日本の話です。店を手伝っている若い母親に、たしかヒロくんという名前の子供がいました。三歳か四歳のおとなしい男の子で、いつももっと大きな子たちが用水で遊ぶのを見て、見ることを楽しんでいました。ある日ぼくがひとりで小学校から帰る夕方、ヒロくんがひとりで用水のそばにいるのを見かけました。ほとんど手と一体化していた野球のグラブをはめたままの左手をぼくはインディアンのあいさつのようにあげて「ヒロくん！」と声をかけ、そのまま通りすぎました。誰か大きな子が残していったタモ網を手にしたヒロくんは一瞬顔を上げ、すぐまた流れる川面を見つめていました。そろそろ田植えがはじまろうかという季節で用水は増水していました。流れははっきりと目に見える速さになっていました。その晩のことを、よく覚えています。近所が妙にざわざわしていると思ったら、多くの大人たちが用水のそばに集まっているのです。大人たちは人だかりとなって用水のそばに並んで立ち、みんなが見つめる川にふたりの男が腰まで入って何かを探しています。若い母親がしゃがみこんで泣きじゃくっていました。川べりのドラム缶で火がたかれ、その火の灯りといくつもの懐中電灯やサーチライトの光が交錯していました。農作業用の軽トラックのつけっぱなしのヘッドライトもあたりを照らしていました。怖くなるようなざわめきでした。どれだけその捜索がつづいたのかわからないし、ぼくはそれをたぶん五分とは見てはいなかったと思います。いつも魚を捌いては川に捨てている太った商店主が足で何かをさぐるようにゆっくりと水の中を歩いている姿だけが、いまも連続するスチール写真のように頭に残っているのです。

21　翌日、小学校の朝礼では、用水で遊んではいけないという先生の話がいつになくおごそかな口調をもって話されました。誰にも何もいったことがないのですけれど、ぼくには恐れていることがありました。あるいはあの夕方、生きたヒロくんに声をかけた最後の人間は自分だったかもしれないのです。少しは責任をわかちもつべき年上の子供としてぼくがヒロくんに何かひとことといえば、ヒロくんはあんなことにはならなかったかもしれないのです。おーい、ヒロくん、どうしたの、あぶないよ、もうおうちに帰りなよ。いわなかった、いえなかったひとこと。小さな男の子の命をつなげられたかもしれないひとこと。だがそれについて誰かにひとことでも話したら、それだけで自分が責められるのではないかという強迫観念を、小学生のぼくは抱いてしまったみたいでした。それから数年、高校生になってもうその場所には住んでいなかったぼくが何かの用事の帰りにひさしぶりにおなじ用水を通りかかったとき、奇妙なことが起きました。あのときのヒロくんにそっくりの、いやたぶん顔かたちは似ていないのですが同い年くらいの身格好の小さな男の子がその場で遊んでいるのです。用水にはあの事件のあとまもなく張られた金網のフェンスがずっとつづき、もう子供たちが自由に遊べる川ではなくなっていました。その男の子は小銭を次々にポケットから出しては、フェンス越しに川に投げこんでいるのです。お金を小石のように捨てるなんて、そんなへんなことはまさか誰もしないと思いますが、そのときはたしかにそんなふうに見えました。男の子の背後を通り過ぎるとき、ぼくは叫びたいほどの恐怖感にかられました。フェンスがあるから落ちる心配はないのです。それでもぼくは青ざめた声で、その男の子にむかって、あぶないよ、もうおうちに帰りなよ、といわずにはいられませんでした。そう声をかけて通り過ぎ、直後にぼくはふりかえりました。いきなり心がじーんと痺れたような、心の感覚がなくなったようが気がしました。小さな男の子の姿など、もうどこにもありませんでした。そこにはただ風があり光があり、汚れた川と道があるだけだったのです。

22　ヒロくん／どうしたの／もう／おうちに／帰りなよ／おかあさんが／待ってるよ

23　アレシュとぼくは前日、福島市内の常圓寺をたずねていた。住職の阿部さんは早くから自主的な除染活動にとりくんでいる。お寺が、行政まかせにしていてはまるですすまない除染に自分たちの手で取り組もうという人々の拠点となっているのだ。阿部さんは自分で調達したロシア製の線量計を貸してくれ、それからいくつかの場所を案内してくれた。除染とは水で丹念に洗うことが唯一の方法で、地表にある汚泥をそうやって水で生活圏の外に流す。もちろん放射性物質がなくなるわけではなく、それは場所を移動するだけだ。それでも作業をすることに何の意味があるかというと、少なくとも直接の意味をもつ対象がいる。ヒトの子供たちだ。小雨が降る一日で、まずぼくらは放射性物質を含む汚泥や洗浄後の砂利を入れた青い容器を並べてあるお寺の山の敷地を見せてもらった。小石の性質によっては、細かい穴に放射性物質が入りこんで水で洗っただけでは落ちないことがある。線量計を近づけるとてきめんに警告音が鳴りつづける。それから実際のホットスポットを見せてもらった。山道の舗装道路には雨が流れ、流れはおのずから方向を見出している。路面を流れた水が道路脇の地面に出てしみこむところを計ってゆくと、にわかに警告音の高まるポイントがあるのだ。まさに、点。そしてほんの三メートルも離れてしまえば、もうなんでもない。舗装道路の反対側（高い側）はなんでもないし、空中にじゅうぶんな高さをとればなんでもない。けれども地面の、その一点においては、たとえば子供がそこにぽつんと立っていればいるあいだ確実に被曝する。そんな地点が市内にも点在し、それを見つけるとゼオライトという白い粉を目印として撒いておき、つづいて洗浄する。人間がやったことの後始末は人間がやらなくてはならない、と阿部さんはいった。ばかげた事故がもたらした結果に、子供たちをまきこみたくないでしょう。ここで暮らしていくためには、大人がやらなくてはならない。生活圏の洗える限りの地面を、まずは洗うしかない。

24　福島市内には阿武隈川の白鳥飛来地がある。年ごとに白鳥たちはやってくる、ここにやってくる。人々はその姿を間近から見て季節のめぐりを実感し、鳥たちの力を視覚的に学ぶことができる。遠い距離を旅する大きな鳥への畏れを学ぶことができる。ここの白鳥たちは人を恐れない。だがこの場所も地表はきびしく汚染されている。草むらでは線量計の数値が見る見るうちに上がる。ここにのんびりとどまって白鳥たちに無言で話しかけることは、もうできない。白鳥たちの言葉なきささやきを聴き取ろうとすることは、もうできない。いったいいつまで、それはできないのだろう。白鳥たちはいつまで、この土地を訪れてくれるのだろう。そもそもかれらの飛来はいつはじまったのだろう。それが百年なり千年といった時間でないこともあきらかだ。悠久とは時の本質。ただ人間たちによる土地の改変だけが、土地の本来のめぐりを傷つけ、急激な変更を強いる。

25　図書館では午後も半ばに達して、二階から一階を見下ろすことのできる個人用の机でこの文章を書いていたぼくは軽い疲れを感じ、背伸びをするために立ち上がった。こんなときの気分転換としてまるで関係のない本を棚から取り出し、行き当たりばったりにページを開いて目がとまった段落を読んでみるのはいいものだ。いまぼくが開いたページには、この段落があった。「動物の肉の大きな塊が食卓に出され、そこで切り分けられるという風習が、次第に廃れていったということは、多くの要因に基づいていることは全く確かである。その極めて重要な要因のひとつは、家族単位がかなり小さくなっていく変動によって、家政が小規模になっていったことであろう。次に考えられるのは、機織り、紡績、屠殺といった製造と加工の仕事が家政から分離し、それらの仕事が一般的に手工業者、商人、製造業者といった専門家の手に移っていき、家政が本質的にはひとつの消費単位になってしまうことであろう」(ノルベルト・エリアス『文明化の過程』赤井・中村・吉田訳、法政大学出版局、一九七七年)。消費単位としての家族。その複合体としての社会。生命を見失う行為としての消費。生命を忘却することをめざすヒトの社会。いちばん気になるのは家族単位が小さくなっていったという点で、核家族がさらに核分裂を起こしてしまったような社会のおそろしい孤独を思った。そんな孤独が蔓延する社会にわれわれは生きている。だが一方では、孤独が自由につながる人もいる。選択の余地ある消費をもって、それを自由と思いこむこともある。

26　まさおの考え。一時期、土地の歴史の中で見ればほんの一時期、米を作る水田だったことのあるこの場所がいまは単なる「広さ」に戻り、ところどころに水たまりがありさまざまな種類の草が自由に生えている。めぐみさんと会った昨日につづきこの区域を歩きに来たまさおは、この土地のむかしを改めて想像した。たぶん日本列島のほとんどの海岸がそうであったように、ここも湿地帯だったろう。川が流れ湿地を作り、逆に海は塩をそこに与えてたくさんのラグーン(潟湖)がここにもあっただろう。場所に最適の植物はなんの邪魔もなく自由に生育していただろう。めぐみさんのいう「草木道」だ。多くの魚や貝類や甲殻類や両生類や爬虫類や水生・陸生の昆虫が暮らしただろう。かれらを獲物とする鳥類もたくさんいただろう。年ごとに飛来してくるものもいただろう。緯度と動植物の関係をぼくはよく知らないが、ここに白鳥も来て川には鮭が遡上したことだろう。この土地は、この場所は、陸と海との中間地帯で、どちらにも属さず、どちらにも属し、生命を支えた。そんなことをまさおは思っていた。

27 ところでこの数年、湿原に特別な興味を覚えてきたぼくは、湿原を主題として話をしたことがある。昨年の秋、代官山のＡＩＴでの「東京事典」という企画に誘われた。二十分の時間が与えられ、「東京」をめぐって考えていること思うことを自由に語り、あるいは演じ、それを収録したビデオがアーカイヴ化されてやがて大きな「事典」を構成する。そんな企画だった。ぼくは日本列島がまだその名もなく手つかずであった時期のもっとも根源的な風景を「湿原」だと考えていた。それで東京を語るために、北海道の野付半島や根室半島、また釧路湿原などで撮影したビデオ映像を組み合わせ、最後は台湾の原住民（台湾では「先住民」でなく「原住民」が正式の呼び方）小学生たちのサンバ・バンドが沖縄・那覇の商店街を練り歩く姿でそれをしめくくった。この映像を見てそれが東京と無関係だなどと思わないでほしい、というのがぼくの気持ちだった。これは東京というよりも、ある原型だ。「東京」という名で呼ばれるひろがりだって、かつては湿原だったのだ（この発表については以下のサイトを参照。http://tokyojiten.net)。

28 その日ぼくは“Uncovering”というタイトルで話をした。「覆いを取り除くこと」だ。覆われたものから覆いを取り除き、光と風にさらす。覆われているのは土、そして水。人間たちの都市はアスファルトとコンクリートという鉱物的な素材によって、地下と地表の世界を分断し、水と水を分断してしまった。舗装は交通に奉仕し、物資や人の流れの管理を容易にする。でも命は？　閉ざされ固められた水路がどれほど水を流しても、そこに美しさが生じる余地はない。命の場所がない。覚えている人はたくさんいるはずだ。半世紀前、東京にも未舗装の道路や空地がいくらでもあった。土地は少しずつ覆われていった。排水と汚れを呑みこみながらも、さらさらと流れる川もたくさんあった。川は暗渠とされていった。人工物の非情な面に覆われて、地水火風の流動はせきとめられ、都市は生命に敵対する。みみずたちの活動を、チャールズ・ダーウィンは造山運動に喩えた。土を作ったのはかれらだ。みみずたちがいなければこの地表では、現在のようなかたちで生命が営まれることはなかった。だがかれらの活動も、舗装された街の下では、きびしく制限されている。もぐらが死んだ。蛇もとかげも住めない。水が流れるところ、樹木と草が育ち、魚が住み、鳥が集まる。けれどもその流れに対して、太陽の光や新鮮な風にふれる権利を奪うとき、そこで生きることのできる生命はごく限られたものになる。生命とはわれわれの想像をはるかに越えてしぶといものなので、どんな環境であれ何かが生きてゆくだろう。だがわれわれが親しみ、われわれをその共同体の一員として迎えてくれたような、多くの哺乳動物や鳥類を擁する土地は、ヒトの自己規制と意識の改革がないかぎり失われてゆく一方だ。けさ、神田小川町を歩いていた。ここはかつて元鷹匠町と呼ばれていた。鷹匠が住み鷹を飼い小動物や鳥を狩る。その狩猟の舞台となる草原があり、湿原があった。かつて日比谷は入江だった、海だった。整備される以前の水辺は当然、葦やすすきが茂る湿原であり、ひしめく生命のための広大な場所だったはずだ。江戸を忘れて、さらに千年を、二千年を遡ろう。そこにひろがるこの土地のかつての姿をすべて忘却によって舗装し、そこに貨幣と商品をしきつめ、われわれはいったいどんな生き方をしようとしているのか。

29　つづき。ぼくはuncoveringを提唱したい。都市の一定区域から覆いを取り除き、エレメンツの循環を確保することだ。ヒトでありヒトでしかないわれわれも、土を踏む権利を主張しよう。舗装された歩道ではなく、なまなましく露出した赤土や火山灰を踏みながら日々を暮らそう。森を回復し、落葉を踏みしめよう。舗装道路の総面積を現在の六割以下にまで縮小し、一定以上の面積を占めるすべての都市建築のマージンに露出した土と樹木の地帯を義務づけよう。植林しよう。多種多様な植物が織りなす土着の植生を回復しよう。森を作ろう。プエブロ・インディアンのある村では、村の中の地面にいくつかの聖なる地点があるのだという。子供たちは遊びながらでも、それらの地点をなるべく多く踏むことを勧められて育つ。踏めば踏むだけ、それはその子の命にとって、力になるからだ。踏めば踏むだけ、土地の力も増す。踏むことは感謝の表現であり、祈りの一形式だ。すべてを人工物で塗りつぶしたわれわれの都市は、そんな地点をふたたび想像し、その実在をつきとめなくてはならない。そこに小さな森を作り、日々その森をめぐりながら、その地点を足で踏みながら、暮らしてゆくことにしよう。そのとき「東京」が取り戻すのは、失われ、ないがしろにされてきた聖性の感覚であり、生命の物質的循環に対する、必要な意識の覚醒なのだ。

30　今日まさおが歩いてきた「広さ」は、人工物で塗りつぶされたヒトの居住区が立ち去ったあとの姿だった。まさおは思った。海が取り戻そうとした土地を生命のために最大に役立てようと思うなら、そこを少なくともしばらくはヒトの経済に都合のいい場所にすることをあきらめ、動植物の共有場にしなくてはならないだろう。もともと、この土地、この緯度、この陽光、この降雨や水系をもつとき、どんな植物たち動物たちがここに住みつき、あるいは、何度でも戻ってくるのか。海と陸のあいだで、湿原で、汽水のラグーンで。それはいうまでもなくまさおの想像にすぎなかった。でも必要な想像だと思えた。少なくとも巨大な防潮堤を建設してヒトの生活をまた一歩生命から隔ててゆくという想像よりは、ずっと必要な想像だと、まさおは思った。

31　彼がいま暮らす大都市にむかって帰ってゆく列車に乗りながら、その窓の外の風景を見ながら、まさおの頭の中ではまたいろいろな記憶の断片や何度もくりかえされてきたひとりごとや空想の会話のきれはしが、くるくるとつむじ風のように舞うのだった。窓の外は日本で、線路がつづくかぎりどこまでもどうしようもなく日本で、そのことは変えられない。けれどもすべての海が海であり川が川として重なり合うように、想像力は空間や時間の隔たりも、生と死の絶対的な隔たりも、超えてゆくことができるのだ。想像力はその動きを夢から学んだ。夢で見た風景によって現実の目の前の風景を解釈してゆくことができる。夢で会った存在とのやりとりによって現実の目の前の時間を別の方向へと逸らしてゆくことができる。まさおの仕事も生活もすぐには変えられないかもしれないが、だからといって仕事や生活を枠づけている社会や経済やそれらを運営している国という仕組みにすっかりそのまま従わなくてはならないということはないし、別な風に考えるのは誰にとっても権利だ。だってそうでなければなぜ、いろいろな悲しみがあるんだろう、とまさおは思った。「おなじひとつの歌だっていろいろな国語でいっぺんに歌われていい」とあまり脈絡もなくまさおは小さな声でつぶやいた。ガラス窓越しの夕暮れの空に月と金星が見えているのがわかった。それを見上げて吠えている犬も、町ごとにいたと思う。

32　小さな旅の終わりに近づいて、混み合った私鉄に乗り換えたまさおは立ったままその扉の窓ガラスを見てそれに触れて、このガラスの原材料はどこから来たものなのだろうという疑問をもった。たとえば都市を造るコンクリートにはすべてその起点となった石灰岩の山があっただろう。そしてももとそれは太古の生物の遺骸だったろう。このガラスを作る分子にもどこかに旅の起源の場所が？

考えてわかることではない。それからまさおはDのことを思い出した。高校生の一時期いちばん仲のいいともだちで一緒に自転車で半島をぐるりとまわる旅をしたことのあるDは、大学二年のとき事故で死んだ。通学用の自転車で一緒に大きな川の堤防を走ったときには、このままどこまででも行ける気がしていた。実際、そのときは河口の追いつめられた湿原まで、そのまま走って行ったのだ。事故はあまりに突然であまりに無意味だった。まさおは茫然とし混乱して、それからしばらくは頭の中がぐるぐるして二、三年がすぎた（ぼくはこのころまさおに会ったわけだが、まさおがそのころどういう状況にいたのかは数年後までまったく知らなかった）。Dのおとうさんはまさおに形見としてバンジョーをまさおにくれた。あいつバンジョーなんて弾けなかったくせにとまさおは思って、笑いたいような泣きたいような気持ちになった。バンジョーはどうチューニングを合わせればいいのかもわからないままで、まさおはやがてそれをただ同然の値段で古道具屋に売ってしまった。

33　図書館では、まもなく閉館の時間になる。アレシュがぼくを探しにきて声をかけた。きみの制作はすんだの、アレシュ？　終わったよ。本文はぜんぶ書いた、この福島への旅について。あとは自分で撮影した二十枚ほどの写真を選び、夜まとめてファイルをスロヴェニアに送る。明日には本というか冊子が完成する。そっちは？　ぼくはずっとここにいて、すわったり立ったりしながら、ある種の夢を見ていたんだと思う。考えはぜんぜんまとまらない。でもまさおを主人公にした話を書こうと思った。まさお？　それはどんな話なの。まさおは三十三歳の男、この土地の人間ではない。きみやぼくがいまそうしているように、別の土地から福島を訪れた。ごくわずかなことを見聞きした。多くがわかったわけではない。土地のごく限定された一角をうろうろし、何かを考えながら自分の生活に帰ってゆくんだ、ひとりで列車に乗って。ぼくの場合は列車と航空機になるけれどね、とアレシュがいった。で、そのまさおの物語は最後まで書けた？　彼はきみの友人なの？　いや、まだだ。ただノートにいくつかの断片を手で書いただけ。ひとつ書くと、ぼくはいろいろなことを思い出して、考え出して、先に進めなくなった。そして、もうひとつ。そして、もうひとつ。まさおは現実の友人ではないし誰かをモデルにしているわけでもない。でもぼくにとっては、あるたしかな手応えのある人影だ。そのまさおが混乱しながら考えている。考えの糸口を探している。ぼくはそれを書こうと思う。そのときまさおは、たとえばきみとぼくが共有している或る「態度」を、身をもって生きている。そんな漠然とした方角をめざして、ぼくはこの文章をしばらく書き進めてみることにするよ。たとえ石炭袋、空の穴におっこちてゆくことになろうとも。誰にとっても限られた時間の中で、終わらない旅に同行する道連れを、またひとり増やすことになっても。だって、そこにあるのに断ち切られた線路は、列車が帰ってくるのを待っている。その列車のすべての座席には、すべてのなつかしい人々が夢のようにほほえみながら、しずかにすわっている。ガタンゴトン。ケーン。ガタンゴトン。外は夜空。見てごらん。光のしずくが雨のように降りそそぐ、見わたすかぎりの星空。

あとがき

ミグラード、それはエスペラント語で「渡り」。ぼくらはいつもどこかからどこかへと渡っているのだと思っていた。旅をしているときにそう思うのは自然だし、していないときだって、やはり渡りはつづく。心はきみがきみであるための橋で、いつも昨日と明日のあいだで宙吊りになっている。言葉もまた別のかたちの橋で、いつも誰かときみのあいだでゆらゆらと揺れている。そしてどちらもよく落ちる。日本列島と呼ばれるこの群島で社会を生きながら、一緒に営みながら、ぼくらは地続きの土地どうしでさえ、直接の隣人どうしでさえ、いつも橋をかけそこなっている。なぜ？　自分自身を橋にする勇気がないから。この背中を踏んでわたってくれというだけ、いえるだけ、そんな橋の必要を本気で信じていないから。

あるとき、この五月に、大阪の伊丹空港から高知空港へと飛び、美しい仁淀川のほとりでこの朗読劇を上演し、翌日、これも信じがたい美しさの地形を抜け息を飲むような瀬戸内海の長い長い橋の線路をみんなでわたりながら、ぼくはそんなふうに考えていた。その晩には大阪の「福島」にあるフォトギャラリー・サイで映像上映を中心とした小さなプレ・イベントを開催し、さらに翌日、五月二十八日、大阪大丸の心斎「橋」劇場で、ぼくらの春のツアーは最終日を迎えたのだった。この晩、二〇一一年十二月二十四日の初演以来つねに場所ごとに、土地ごとに、姿を変えてきた朗読劇『銀河鉄道の夜』は完成形に達し、ぼくらの旅はひとつのフェーズを終えた。橋はかけられたか？

東北のことをずっと考えていた。失われたものと残されたものの、声にならない対話を考えていた。命と無機物の隔たりを考えていた。育ちゆくものと壊されたものの共存を考えていた。

ある対象について、強く思えば思うだけ、対象は遠ざかりすべてはよくわからなくなってしまう。愛があっても、なくても。考えれば考えるだけ、かえって考えきれない部分がひろがる。きみと対象とのあいだには絶対的な隔たりだけが、深い谷間としてひろがる闇だけが、きみを呑みこもうとしてぐんぐん成長する。ただ走りつづける列車の前後だけに、まるでつかのまの偶然の橋のように線路がぼうっと現れて、それがきみをどこかに連れてゆく。彼岸、つまり意識の向こう側を見せてくれるか、少なくともそれを予感させてくれる。星が降る夜の平原や海岸に。春、夏、秋、冬、すべての季節と、その止まることを知らないサイクルのむこうに。

この列島に住みこむわれわれの社会は、ずたずたになっている。深く傷ついている。東日本大震災から二年半がすぎて、かつてなかったほど明らかになっているのは、そのこと。あらゆる種類の亀裂が、崩落する氷河のようにひろがろうとしている。もう止めると決めたはずのやり方や仕組みを、血走った目で守ろうとする者たちがいる。でも、いま、本当は誰もが選ぶことを迫られているのだ。昨日に別れて、少しでもよい明日を作り出すために。きみは渡り鳥として飛ぶか、それとも小さな橋を作るのか。いずれにせよ、合言葉は「渡り」となるだろう。

管啓次郎

感謝の言葉

朗読劇『銀河鉄道の夜』は二〇一一年十二月二十四日から二〇一三年五月二十八日のあいだに、東京、大船渡、仙台、福島市、川崎、住田町、南三陸、喜多方、高知、京都、大阪の各地で全十六回の公演を行ないました。この長い旅のあいだ、出演者を全面的に支えてくれたのは以下の友人たちです。浦谷晃代（Diet Chicken）（広報・宣伝）、川島寛人と北田啓（RIME 株式会社）（音響）、河合宏樹（Pool Side Nagaya）（映像・記録）、新見知哉と森重太陽（記録）、北村恵（ＷＥＢデザイン）、椚田透（nix graphics）（フライヤーデザイン）、サカタアキコ（Diet Chicken）（美術）、関戸詳子（ジェネラル・マネージャー）、さまざまに手助けしてくれた綾女欣伸、高橋和也、寺島さやか。そしてそれぞれの現地で支援してくれた方々。みなさんに心から感謝します。

――出演者一同

執筆者紹介（掲載順）

古川日出男（ふるかわ・ひでお） 1966年生まれ。小説家。主な著書に『馬たちよ、それでも光は無垢で』（新潮社）、『LOVE』（新潮文庫、三島由紀夫賞）、『ベルカ、吠えないのか？』（文春文庫）、『アラビアの夜の種族』（角川文庫、日本推理作家協会賞・日本SF大賞）、『聖家族』（集英社）、『ドッグマザー』（新潮社）など。文学の音声化にも積極的に取り組み、CDブック『春の先の春へ 震災への鎮魂歌／古川日出男、宮澤賢治「春と修羅」を読む』や雑誌付録のDVDなどを発表している。近作は『南無ロックンロール二十一部経』（河出書房新社）、初の絵本『コレクションさん』（画：後藤友香、青林工藝舎）。

柴田元幸（しばた・もとゆき） 1954年生まれ。翻訳家、東京大学教授。訳書にポール・オースター、スティーヴン・ミルハウザー、レベッカ・ブラウン、トマス・ピンチョン、スチュアート・ダイベック、ジョゼフ・コンラッド、エドワード・ゴーリーなど多数。著書に『つまみぐい文学食堂』（角川文庫）、『ケンブリッジ・サーカス』（スイッチパブリッシング）など。編著に『モンキービジネス』など。近作に、ポール・オースター翻訳書『ブルックリン・フォリーズ』（新潮社）、ポール・ラファージ翻訳書『失踪者たちの画家』（中央公論新社）、『佐藤君と柴田君の逆襲!!』（共著、河出書房新社）。

管啓次郎（すが・けいじろう） 1958年生まれ。詩人、比較文学者、明治大学教授。主な著書に『コロンブスの犬』『（河出文庫）、『斜線の旅』（インスクリプト、読売文学賞）、『野生哲学　アメリカ・インディアンに学ぶ』（小池桂一との共著、講談社現代新書）、『海に降る雨 Agend'Ars3』（詩集、左右社）など。サン＝テグジュペリ『星の王子さま』（角川文庫）など翻訳書も多数。11年、野崎歓とともに『ろうそくの炎がささやく言葉』（勁草書房）を編集、『チェルノブイリ 家族の帰る場所』（朝日出版社）翻訳。最新作は『時制論　Agend'Ars4』（左右社）。

小島ケイタニーラブ（こじま・けいたにーらぶ） 1980年生まれ。ミュージシャン。2009年、バンド「ANIMA」としてHEADZからデビュー以降、ユニット「トワイ」の活動や、古川日出男をはじめ様々なアーティストとコラボレーションを開始。朗読劇『銀河鉄道の夜』では主題歌「フォークダンス」等の作詞・作曲・歌唱の他、野外録音を使用した音響のデザインを手がける。2012年にはソロ作品『小島敬太』（WEATHER/HEADZ）を発表。2013年、舞台芸術祭「フェスティバル／トーキョー13」に参加。東京芸術劇場にて〈リミニ・プロトコル（ドイツ）〉による作品のサウンドデザインをゴンドウトモヒコ（pupa）と共に担当。

朗読劇『銀河鉄道の夜』に関しては、以下のサイトをご参照ください。
http://milkyway-railway.com/

5つの ovoj

ovo 1. ovo song ～たまごのうた（2:52）

ovo 2. amenimo makezu（3:27）

ovo 3. eiketsu no asa——lunlumo（4:18）

ovo 4. migrado ～いまこそわたりどり（5:20）

ovo 5. folkdance（1:57）

all songs written & sound designed by 小島ケイタニーラブ
mastered by 益子樹（FLOAT）

vocal by 小島ケイタニーラブ
featuring vocal by めいりん（くもりな，トワイ）［ovo3］
featuring voices by 古川日出男［ovo3,4］、管啓次郎［ovo2,4］、柴田元幸［ovo2,3,5］、温又柔［ovo1］、花巻のおばあちゃん［ovo4］

special thanks to 朗読劇『銀河鉄道の夜』ツアースタッフ＆サポーターの皆様
special special thanks to ロジャー・パルバース、間宮緑、左右社、浦谷晃代（Diet Chiken）、知久真明（くもりな）、前田隆紀、前田ひさえ、小林エリカ、クリボ先生、タナカさん、もりちゃん、喜多方のコオロギ
special special special thanks to 北上川、イギリス海岸、釜石線、種山ヶ原のフキノトウ、新地町の風、陸前高田のショベルカー、南三陸の雨、井の頭線、深夜バス＆…
MIYAZAWA Kenzi "Nokto de la Galaksia Fervojo"

references「雨ニモマケズ」、英訳ロジャー・パルバース『英語で読む宮沢賢治詩集』（ちくま文庫）［ovo2］、古川日出男による「永訣の朝」朗読、『春の先の春へ』（左右社）［ovo3］

ovo song

作詞・作曲　小島ケイタニーラブ

ほらほら、小さなまんまるがそのお腹にやってくる
ほらほら、小さなまんまるの最初の宇宙さ

重い僕の気持ちも、軽い君のカラダで支えてくれる

ほらほら、小さなまんまるがその扉をノックする
ほらほら、小さなまんまるの最初の光さ

重い君の未来も、軽い僕のアタマで支えてあげる

Lunlumo

作詞・作曲　小島ケイタニーラブ
エスペラント詞　Mamija Midori・Wen Yuju

Lunlum' Bibidebabu
Mi elspiris blankan spiron,
magion, kion mi ĵus lernis.
Luna,
ni komencu dancon.
Se estas ni kune
nome vi kun mi,
kara, nenio mankas al mi.
Bonvolu danci kun mi

Lunlum' Bibidebabu
Mi enspiris blankan spiron,
magion, kion mi ĵus lernis.
Luna,
ni komencu dancon.
Se estas ni kune
nome vi kun mi,
kara, nenio mankas al mi.
Bonvolu danci kun mi

Kara, kara, mi feliĉas kun vi.

●ムーンライト

ムーンライト　ビビデバーブー
覚えたての魔法
白い息吐き出して
ルナ
踊り出そう
君が隣にいればそれがすべての答えさ
まずまず事無き夜

ムーンライト　ビビデバーブー
生まれたての魔法
白い息吸い込んで
ルナ
踊り出そう
君が隣にいればそれがすべての答えさ
まずまず事無き夜

まがうことのない夜

migrado

作詞・作曲　小島ケイタニーラブ

エスペラント詞　Mamija Midori・Wen Yuju

お母さんの匂い思い出す夜
干したての布団でおひさまと眠れ

のいばらの匂いがする
コンペイトウ散りばめたパシフィックを渡る
白い波が揺れている

Ŝi estas Kaprica　Kian lingvon ŝi parolos hodiaŭ?
（あのこはきまぐれ　今日はどんなことばとおともだち？）
Vetero estas kaprica　Kian kiseton ŝi ŝatos morgaŭ?
（てんきはきまぐれ　明日はどんなひかりとキスをする？）

どこへでも行ける幻
聞こえてる"今こそ渡れ、ミグラード"

どこへでも行ける幻
聞こえてる
どこまでも続くお話
聞こえてる"今こそ渡れ、ミグラード"

★ folkdance の歌詞は、38 ～ 40頁をご覧下さい。

ミグラード　朗読劇『銀河鉄道の夜』

2013年9月21日　第1版第1刷発行

著　者　古川日出男
管　啓次郎
柴田元幸
小島ケイタニーラブ

発行者　井村寿人

発行所　株式会社　勁《けい》草《そう》書房

112-0005 東京都文京区水道2-1-1　振替　00150-2-175253
（編集）電話 03-3815-5277／FAX 03-3814-6968
（営業）電話 03-3814-6861／FAX 03-3814-6854
本文組版 プログレス・理想社・青木製本所

ISBN978-4-326-85189-8　　Printed in Japan

http://www.keisoshobo.co.jp

ろうそくの炎がささやく言葉

管啓次郎・野崎歓 編

暗闇にともるろうそくの炎のもと、
ゆらゆらとゆれる文字を指でなぞり、
目で追いかける。

声に出し、音の響きと振動を感じとる。
そんなささやかな、
けれどもゆたかな夜を一緒にすごしませんか。

A5 判ソフトカバー 208 頁 定価 1,890 円（本体 1,800 円）ISBN978-4-326-80052-0 C0090（2011 年 8 月）

朗読のよろこび、

東北にささげる言葉の花束。

31 人の書き手による詩と短編のアンソロジー。

＊表示価格は 2013 年 9 月現在。消費税は含まれております。